I0652042

Ch. H. Spies

Das Petermänchen

Geistergeschichte aus dem dreizehnten Jahrhunderte

Ch. H. Spies

Das Petermänchen
Geistergeschichte aus dem dreizehnten Jahrhunderte

ISBN/EAN: 9783743655652

Hergestellt in Europa, USA, Kanada, Australien, Japan

Cover: Foto ©Andreas Hilbeck / pixelio.de

Weitere Bücher finden Sie auf **www.hansebooks.com**

Das Petermänchen.

Geistergeschichte

aus dem dreizehnten Jahrhunderte,

von

Ch. H. Spies.

Zweiter Theil.

Prag,
in der v. Schönfeld-Meißnerischen Buchhandlung.
1791.

Zweiter Theil.

Rudolph blieb erstaunt auf seinem Strohlager sizen. Alles, was er von Petern hörte, kam ihm so unerwartet! Mit Tages Anbruch fortzuwandern, war sein fester Vorsaz; noch nicht so fest der Entschluß, welchen
Weg er wählen solle. — "Rechts, links! dachte er immer: Es muß doch ein Unterschied
zwischen beiden sein! Ein Unterschied, der vielleicht Bezug auf mein ganzes Leben hat! Was
soll ich, fuhr er fort, in Palästina beginnen?
Dort herrscht Krieg; Hunger und Pest; dort
werde ich des Lebens nicht froh werden!
Rechts geht der Weg dahin? Rechts soll ich
das Buch aufschlagen, wenn ich Peters Weib

sehen will! Rechts erwartet mich also nichts als Trübsal, nichts als Leiden; ich wande= re links, und geniesse des Lebens nach dem lezten Rath meines geprüften Freundes!„

Nun war der leztere Entschlus so fest wie der erstere Vorsaz! Unwillkührlich drängte sich iezt der Gedanke in sein Herz: Was wohl Euphrosine mache? Wie es wohl der Aerm= sten gehen möge? Er nahm zum erstenmal das Ränzchen, ergrief zum erstenmal das Buch! Links oder Rechts, dachte er; und schlug das Buch links auf! Schnell krachte über Rudolphs Haupt das niedre Dach der Hütte. Er sah erschrokken in die Höhe, und sein Blik gleitete an einer großen, schreklichen Figur herab, die vor ihm stand, und mit dem gebükten Haupte das Dach zu zerreißen drohte. Die Figur glich einem Riesen, wie Rudolphs noch keinen so groß, so fürchter= lich sah. Seine Höhe war wenigstens acht Schuh, er war, wie der kleine Peter, in brau= ner Leinwand gekleidet; sein Bart floß wie

ie=

ienes Bart bis zum Füssen herab, aber in der Hand trug er statt des Knotenstoks eine dikke Keule.

Rudolph (zitternd und bebend.) Was willst du von mir? Ich habe dich nicht gerufen!

Riese (im tiefsten Baß-Tone.) Nicht? Und schlugst doch das Buch links auf!

Rudolph. Um nicht dich, um meinen kleinen Peter zu sprechen.

Riese. Ein andrer Dienst fordert andere Kräfte, folglich auch andre Gestalt! Du siehst in mir den kleinen Peter, der eben so willig; eben so freudig dir iezt als der große Peter dienen wird. Was befiehlst du?

Rudolph. Du der kleine Peter? Unmöglich!

Peter. Wirklichkeit ist nicht unmöglich! Was kümmert dich meine Gestalt, wenn nur dein Wille vollzogen wird? Befiehl, und sieh, ob ich nicht unbedingt gehorche.

Ru-

Rudolph. Es wird mir schwer, deinen Worten zu glauben; noch schwerer, mich an deine fürchterliche Gestalt zu gewöhnen. Sei lieber, was du warst!

Peter. Das kan ich nicht! Du hast mich gerufen, was befiehlst du?

Rudolph. Ich wolte, ich wünschte zu erfahren: was die arme Euphrosine mache? wie es ihr gehe?

Peter. Ich eile hinüber nach Damiette, und bringe dir schnelle Nachricht.

Peter verschwand, und Rudolph rieb sich die Augen, um sich zu überzeugen: Ob es Traum oder Wirklichkeit sei, was er gesehen und gehört habe? Noch war er darüber nicht einig, als der riesenmässige Peter schon wieder vor ihm stand.

Peter. Euphrosine ist krank, sehr krank. Fieberhizze wüthet in ihren Körper, und der verliebte Sultan fürchtet ihren Verlust!

Rudolph. Armes Mädgen!

Peter.

Peter. Eben ertheilte er strengen Befehl, dich aufzusuchen, dich zu fangen, wo man dich findet, und vor seinem Thron zu schleppen.

Rudolph. Mich? Warum?

Peter. Weil er wähnt, du habest das Mädjen vergiftet; du wollest seiner spotten, indem du sie krank und mit dem Tode ringend in seine Arme liefertest.

Rudolph. Was soll ich anfangen? Wo mich verbergen?

Peter. Befiehl, und ich gehorche!

Rudolph. Soll ich fliehen, oder hier mich verborgen halten?

Peter. Befiehl, und ich gehorche.

Rudolph. Unerträglicher Starrkopf, ich will deinen Rath, deine Meinung hören!

Peter. Ich bin Diener, du bist Herr! Dem erstern geziemt es zu gehorchen, dem leztern zu befehlen.

Rudolph. Arme Euphrosine, ich vermag dich nicht zu retten? Dein Tod sei iezt

mein

mein Wunsch! Er befreit mich und dich von aller Qual! — (er tritt vor die Hütte, Peter folgt) Der Morgen graut schon. Was soll ich nun anfangen? O Peter, Peter! Es ist nicht schön, es ist tadelnswerth, daß du so ganz mich verlassen, so ganz meiner vergessen kanst, da ich deines Raths am meisten bedarf!

Peter. Herr, du hast Sinn und Verstand! Hast Kopf und Herz! Kanst denken, wollen und handeln wie alle Menschen! Worüber kanst du mit Recht dich beklagen?

Rudolph. Uiber den Verlust deines Raths!

Peter. Befiehl, und ich gehorche!

Rudolph. Wirst du das Rabenlied mir immer vorsingen!

Peter. Immer und so lange, bis du es begreifst und verstehst!

Rudolph. Der Sultan läßt mich suchen, sagst du?

Peter. Er läßt dich suchen!

Ru=

Rudolph. Wird er mich finden, wenn ich rechts ziehe?

Peter. Ich weiß nicht!

Rudolph. Wenn ich links ziehe?

Peter. Ich weiß nicht! Ich darf weder in die Zukunft sehen, noch rükwärts blikken; kan nur gehorchen und erfüllen, was du befiehlst.

Rudolph. O, ich bin schreklich betrogen! Ich gleiche einem Kinde, das die unbarmherzige Mutter aussezte, um das sich selbst Nahrung zu suchen nicht im Stande ist.

Peter. Wohl dem Kinde, das die Mutter zwar aus wichtigen Ursachen aussezt, aber ihm einen treuen Diener zur Seite giebt, der ihm Speise bringt, wenn es hungert, ihm Trank reicht, wenn es durstet!

Rudolph. Es aber nicht vor der nahen Gefahr warnet; ihm nicht den Abgrund zeigt, in welchem es unbesorgt rent!

Peter. Und doch es herauszieht, wenn es ruft; ihm zu Hülfe eilt, wenn es winkt!

Frei-

Frei muß der Mensch handeln, ungezwungen wählen, aber auch allein verantworten, je nachdem er handelte, nachdem er wählte!

Rudolph. Es sei! Ich ziehe heim nach meinem Vaterlande? Das ewige Ringen und Streben nach Glükseligkeit misfällt mir; ich will ruhig genießen, nicht mehr bald schwelgen, bald darben! Solten des Sultans Leute mich finden, so rechne ich wenigstens auf deine Hülfe.

Peter. Befiehl, und ich gehorche.

Rudolph. Wo finde ich das Schif, welches diesen Morgen nach Franken segeln will?

Peter. Links herab am Ufer führt der Pfad zu der Bucht, in welcher es gestern der widrigen Winde wegen ankerte. Schon spant man die Segel. Du mußt eilen, wenn du es noch erreichen wilst!

Rudolph. Ich eile! (Er nahm das Ränzchen in die Hand, und verfolgte den Pfad.)

Peter. Soll ich dir folgen?

Ru=

Rudolph. Ich werde dich rufen, wenn ich dich brauche!

Rudolph kam bald an die Bucht, sah das segelfertige Schif, und bat den am Ufer stehenden Befehlshaber um Aufnahme. — "Ich bin ein deutscher Ritter, sagte er, der Sklaven-Elend und Ungemach mancher Art duldete; der sich endlich glüklich auf diese Insel flüchtete, und nun sehnlich sein Vaterland zu sehen wünscht. Nimm mich mit dir! deine Mühe will ich lohnen, deine Speisen bezahlen.„

"Sei mir willkommen, Sohn des Kummers! erwiederte dieser: erkenne in mir deinen Bruder, der Menschlichkeit und Gefühl dafür hat. Wir alle haben auch Sklavenketten getragen, und segeln iezt, gelöst von unserm wohlthätigen Könige, nach dem Vaterlande; trit eilig ein, die Winde wehen günstig; ich eile, um bald mein Vaterland zu erreichen.„

Die

Die Fahrt war glüklich und gut. Nach
einigen Monden sahen sie schon christliches
Land, erkanten bald die Thürme des be=
rühmten Marseille, und ankerten in seinen
sichern Hafen. Rudolph hatte die ganze Zeit
über seines neuen Dieners Hülfe nicht ge=
braucht; er hatte ihn aus dieser Ursache nicht
gerufen, und war noch immer traurig, daß
er in ihm nur einen Diener, keinen Rath=
geber und Freund wieder sehen solte. Er be=
zahlte redlich seine Uiberfahrt, nahm dank=
bar Abschied, und bezog eine der berühmte=
sten Herberge.

Marseille war damals stark bewohnt,
die Handlung blühte, und viele edle Gal=
ler wohnten in seinen Mauern. Rudolph
sah oft ihr Gefolge, oft in der Mitte dessel=
ben schöne Damen vorüber ziehen. Sein Herz,
das bisher unfühlbar gegen alles geschlagen
hatte, erquikte sich an dem Anblike derselben.
Sich näher unter den Töchtern des Landes
umzusehen, seinem leeren Herzen Beschäfti=
gung zu geben, war nun sein Vorsaz.

Des kleinen Peters Ränzchen enthielt noch einigen Geldvorrath. Er kaufte sich Kleider, Rüstung und Rosse, und ehe er noch alles bezahlt hatte., war das Ränzchen leer.

Der Stathalter von Marseille hatte eben ein Tournier ausrufen lassen, welches der reichen Erbin der Grafschaft Provence, der Prinzessin Beatrix zu Ehren, gegeben werden solte. Am Tage ihrer Vermählung mit dem gallischen Prinzen Karl solten auch die Ritter zu Sens tourniren, und Rudolph sah mit neidischen Augen zu, wie alle sich statlich rüsteten; wie aus der weiten Ferne die Edlen hinzogen, um am diesen feierlichen Tage vor den Augen des ganzen königlichen Hauses Proben ihrer Tapferkeit abzulegen.

Rudolphs Ehrgeiz erwachte. Die gallischen Ritter auch mit deutscher Kraft und Tapferkeit bekant zu machen, war sein sehnlichster Wunsch; aber so oft er auch die Hand in sein Ränzchen stekte, zog er sie doch jedesmal

leer

heraus, und fand nichts, als das Messer,
die Strikleiter, den Ring und das Buch
darinne. Was hilft mir dies alles? sagt' er
einst Abends nach neuer Untersuchung zu sich
selbst: Wäre Freund Peter noch der nem=
liche, so könte ich wenigstens seinen Rath
darüber hören; der Diener Peter wird mir
schwerlich helfen können. Doch wäre ein Ver=
such nicht unnütz! dachte er weiter, und schlug
das Buch links auf. Flugs stand der Riese
vor ihm.

Rudolph. Ich möchte gerne Theil neh=
men am Tourniere, das der schönen Beatrix
zu Ehren gefeiert wird; aber dazu bedarf
ich Gold, um herrlich gerüstet zu erscheinen.
Kanst du mir solches verschaffen?

Peter. Befiehl, und ich gehorche!

Rudolph. So bringe mir dann drei
tausend Goldkronen!

Peter. Soll ich sie borgen? Soll ich
sie stehlen? Soll ich = =

Ru=

Rudolph. Pfui, Peter, du solst sie borgen! In zwei Jahren zahl ich sie zurük!

Peter. Und verpfändest dagegen?

Rudolph. Meine ritterliche Ehre.

Peter. Wann besiehlst du, daß ich sie bringe?

Rudolph. So bald du verlnagst.

Peter verschwand, und kam in kurzer Zeit mit den drei tausend Goldkronen zurük.

Peter. Hier ist das Gold. Ich habe deine ritterliche Ehre dagegen verpfändet; sie wieder einzulösen, sei deine Sorge.

Rudolph. Es wird gewiß geschehen, so bald ich mein Vaterland wieder erreiche! Dein Eifer gefält mir, Peter!

Peter. Wohl mir, wenn ich meines Herrn Gnade erhalte!

Rudolphs größte und einzige Sorge war nun sich statlich und herrlich zu rüsten. Er warb Knappen, Diener in Menge, und zog bald darauf nach Sens in Champagne, wo Vermählung und Tournier gefeiert werden solte.

solte. Als alle Ritter dort zum Kampfrich=
ter zogen, und darthaten, daß sie Tournier=
fähig wären, zog auch er hin, bewies seine
ritterliche Ahnen, und stelte sein Schild und
Wappen neben den ihrigen hin. Aber trau=
rig kehrte er zurük; am äußerlichen Glanze
hatte ihn keiner von allen, aber an körper=
licher Stärke, an furchtbaren heldenmäßi=
gen Ansehen so mancher übertroffen. Der
Kern der gallischen Ritterschaft war versamlet;
unter ihnen befand sich der berühmte Wilhelm
von Dampierre, der tapfere Graf von St.
Paul, der in allen Tournieren siegende Ru=
dolph Couci. Alle drei sprachen schon stolz
vom Preise, den sie sicher zu erhalten hofteu,
und keiner der übrigen wagte es, zu wider=
sprechen, weil alle ihre Tapferkeit kanten,
alle die Stärke ihres Arms schon mehr als
einmal gefühlt hatten.

Rudolph sah, hörte dies alles, und Zorn
entbrante in seinem Herzen darüber! Ich soll,
ich kan also nicht Sieger sein; kan wohl glän=
zen

zen in herlicher Rüstung, durch Pracht die
Augen der Frauenzimmer auf mich ziehen:
aber nicht verhindern, daß sie beschämt wieder
solche von mir wenden, wenn der fürchterliche
Dampierre oder Couci mich, einem Vogel
gleich, vom Pferde schnellt! Wäre ich doch
heim gereist; hätte ich mich doch nie zum Tourniere gemeldet! So dachte er, legte miß-
vergnügt sich schlafen, und stand mißver-
gnügt wieder auf.

In eben der Laune ließ er früh sein Roß
satteln, und ritt am Ufer des Flußes hinab,
um mit frischer Luft auch frischen Muth zu
schöpfen. Wie er zurük trabte, sah er einen
großen Troß einherziehen. Die Gräfin Beatrix
ritt mit ihrem königlichen Bräutigam, der
zur Vermählungsfeier schon angekommen war,
am schattigten Ufer spazieren. Ihr folgten
viele Ritter, viele Damen, und unter den leztern auch die schöne Johanna, die jüngste
Tochter des reichen Grafen von Ponthieu.
Ehrerbietig lenkte Rudolph sein Roß seitwärts,

als

als der Zug näher kam, und grüßte mit edlem Anstande die vorbeireitenden Damen.

Die leutselige Beatrix sah ihn halten, erwiederte freundlich seinen Gruß, und fragte nach seinem Namen und Vaterlande.

Rudolph. Ich bin ein Deutscher, ein freier Ritter, und nenne mich Rudolph von Westerburg. Ich komme aus Palästina, wo ich nach Lorbeern rang, Sklavenketten trug, endlich erlöst wurde, und nun heim in mein Vaterland zu ziehen denke!

Prinz Karl. Seid uns wilkommen in Frankreich, tapfrer Rittersmann! Werdet doch einige Zeit bei uns verweilen?

Rudolph. Der Ruf vom Tourniere, das man eurer königlichen Braut hier zu Ehren geben wird, zog mich von Marseille hieher. Ich habe mein Schild und Wappen auch ausgestellt, und hoffe, daß ihr mich der Ehre würdig halten werdet, mit tournieren zu dürfen.

Bea-

Beatrix. Ah! Ohne Zweifel war dies euer Schild, welcher gestern der Gräfin von Ponthieu so wohl gefiel. Der Wappen = Herold sagte, daß er einem fremden deutschen Ritter gehöre. (Sich zur Gräfin von Ponthieu wendend) Liebe Johanna! Hier seht ihr den Ritter, dessen Schild unter allen andern euch so lange beschäftigte.

Johanna. (beschämt, die Augen niederschlagend) Er macht eurem Geschmak Ehre!

Prinz Karl. Ihr seid noch unbeweibt?

Rudolph. Ja, mein Prinz! Ein Ritter, der Sklavenketten trägt, darf sich nicht mit den Rosenketten der Liebe beschäftigen.

Prinz Karl. Jezt seid ihr aber frei. Die Damen eures Vaterlands werden euch bald mit diesen angenehmen Fesseln bekant machen. Nehmt euch mein Beispiel zur Richtschnur.

Rudolph. Wolte Gott! daß ich so glüklich wählen könte! Daß auch ich = =

Petermännchen II. Theil. B   Bea=

Beatrix. Ritter! Eure Sprache verräth keinen Sklaven; ihr habt die Galanterie gut studiert.

Rudolph. Nur die Wahrheit!

Prinz Karl. Ihr werdet euch doch die Zeit eures Hierseins, und am Tage des Tourniers, eine Dame zur Gebieterin wählen?

Beatrix. Wählt sie aus meinem Gefolge!

Prinz Karl. Ihr habt iezt die beste Gelegenheit dazu; zieht mit uns nach der Stadt, und kommt nach Hofe, wann es euch immer beliebt. Jeder gallische Ritter wird sich freuen, einen so tapfern Mann zu ehren, und unsre Damen werden sich glüklich schäzen, einen so schönen Ritter kennen zu lernen.

Rudolph. Prinz, eure Gnade beschämt mich!

Der Zug ging nun weiter. Rudolph mischte sich unter die übrigen, sprach mit einigen, und ritt bald absichtsvol der schönen Johanna zur Seite.

Ru=

Rudolph. Schöne Gräfin, habt ihr den Befehl der Prinzessin vernommen?

Johanna. Welchen?

Rudolph. Ich soll, sprach die herablassende Dame, mir unter ihrem Gefolge eine Gebieterin wählen. Darf ich es wagen, und am Tage des Tourniers mich mit eurer Farbe zieren?

Johanna. Eine Ehre, die ich nicht verbitten darf; die ich aber keinesweges verdiene.

Rudolph. Dann verdiente die Gottheit selbst keine Verehrung!

Johanna. Ihr schmeichelt.

Prinz Karl. Ah, wie ich sehe, so hat der deutsche Ritter schon gewählt! Ihr verrathet treflichen Geschmak; aber, Ritter, seht euch vor. Dieser Dame Farbe tragen schon viele! Ihr werdet einen harten Strauß zu kämpfen haben.

Rudolph. Ich habe dies im voraus vermuthet. Die Gräfin gleicht der Sonne, die

jeder

jeder verehret; an deren Strahlen sich jeder
wärmen will.

Beatrix. (lachend) So komt ihr nicht zu
nahe, damit ihr euch nicht verbrent.

Jezt waren sie schon in der Stadt. Am
Schloffe trente sich Rudolph, und zog nach
seiner Herberge. Er aß wenig; denn seine
Sinne waren ganz mit dem Bilde der schönen Gräfin beschäftigt. Solch eine Schönheit glaubte Rudolph noch nicht gesehen zu
haben! Alle, die er bisher geliebt, auch
Euphrosinen nicht ausgenommen, stelte er
ihr in Gedanken zur Seite, und fand beim
ersten Anblik, daß keine ihr gleiche; daß alle
an Schönheit und Anmuth von ihr weit
übertroffen würden.

Am Abende ging er nach dem Schloffe,
wo er kostbar gekleidet erschien; freilich mancher Augen auf sich zog, aber auch vielen
Stof zum Mißmuth samlete. Die Gräfin
Johanna schien ihn zwar zu bemerken, aber
die meisten Ritter belagerten sie so, daß Rudolph

dolph nur wenige Worte mit ihr zu sprechen
vermochte. Der Graf St. Paul, der Ritter Couci, deren Großsprecherei Rudolphen
schon bei Ausstellung der Wappen so sehr
verdroß, erwekten hier aufs neue seinen Zorn.
Sie zeigten sich deutlich, als erklärte Anbe-
ter der Gräfin, und spottete einigemal des
armen Deutschen, der es mit ihnen aufzunehmen wage, und der Gräfin Farbe tragen
wolle. Als endlich Ritter Couci der Gräfin
eine Schleife raubte, und sie triumphirend
an seine Brust heftete, so vermochte Rudolph
nicht länger zuzusehen, entfernte sich, und
schwur im Gehen, diese Schleife im Tourniere wieder zu erobern, oder nicht länger zu
leben. Wie zu Hause sein Blut sich kühlte,
und er nun seinen Schwur überdachte, da
sank sein Muth. Er hatte bei seines Vaters
Lebzeiten zwar einigemal ruhmvol, nachher
aber nie wieder tournieret; wie konte er also
hoffen, die berüchtigsten, geübtesten Kämpfer
zu überwinden?

Er

Er warf sich traurig auf sein Lager, überdachte seinen Zustand aufs neue, und ergrif endlich sein Buch. Als er es links aufschlug, erschien der riesenmäßige Peter.

Peter. Herr, was befiehlst du?

Rudolph. In einigen Tagen muß ich tournieren! Wie fang' ich es an, um aller Sieger zu werden? – – Du schweigst!

Peter. Ich kann nur gehorchen, nicht Rath ertheilen!

Rudolph. Vermagst du mir Waffen zu bringen, denen keiner widerstehen, die niemand bezwingen kau?

Peter. Ich vermag's!

Rudolph. So bringe sie!

Peter verschwand, und stund nach kurzer Zeit wieder vor seinen Herrn.

Peter. Hier ist, was du befohlen hast! Hier sind Lanzen, womit du den Riesen Goliath selbst aus dem Sattel heben kanst. Hier ein Schwerd, eine Kolbe, einen Dolch, dessen Hieb, Stoß und Schlag keiner widerstehen wird.

Ru

Rudolph. Ich danke dir, und werde dir noch mehr danken, wenn ich Ehre damit einlege.

Peter. Das solst, das wirst du! Mit diesen Waffen erhältst du sicher den Preiß, oder ich gebe alles verlohren.

Rudolph. Kenst du die Gräfin Johanna von Ponthleu?

Peter. Ich kenne sie!

Rudolph. Sahst du je eine größere, eine volkommenere Schönheit?

Peter. Schön ist das, was uns schön dünkt! Allgemeine, nie getadelte Schönheit ist auf diesen Erdball nicht zu finden; folglich kan auch mein Urtheil nichts entscheiden.

Rudolph. Ich liebe die Gräfin; ich liebe sie mehr, als ich je ein Weib liebte.

Peter. Ich wünsche dir Glük zu deiner neuen Liebe! Die Gräfin ist den tapfern Männern hold!

Rudolph. Auch will ich durch Hülfe deiner Waffen mich ihr bald als den tapfersten zeigen.   Peter.

Peter. Befiehlst du, daß ich noch länger verweile?

Rudolph. Auch brauch ich eine Rüstung, die jede Verlezzung verhindert; die aber glänzender und kostbarer als alle übrige Rüstung ist.

Peter. Befiehlst du, daß ich sie bringe?

Rudolph. Ich erwarte sie!

Peter. (bald darauf mit einer prächtigen, glanzvollen Rüstung) Hier ist die Rüstung!

Rudolph. Schön, sehr schön! Aber Schade, daß ich sie eben so wenig, als deine Waffen, brauchen kan! Eben ist mir noch zum Glükke beigefallen, daß alle Tournier = Ritter, ehe sie die Schranken betreten, bei Gott und ritterlicher Ehre schwören müssen, sich keiner bezauberten Waffen oder Rüstungen zu bedienen, und diejenigen, welche du mir brachtest, sind es ohne Zweifel?

Peter. Sie sinds!

Ru=

Rudolph. Ich kan sie also nicht brauchen!

Peter. So will ich sie wieder mit mir nehmen.

Rudolph. Aber dann – – dann werde ich nicht Sieger sein; nicht glänzen vor den Augen der Frauen; nicht den Preis aus ihren Händen erhalten; nicht zurükfordern können die Schleife, welche der Ritter Couci so triumphirend an seine Brust heftete!

Peter. Das steht zu erwarten! Tapfere Ritter werden kämpfen, geübte Fechter im Schranken stehen. Unter so vielen hundert tapfern und geübten, der tapferste, geübteste sein zu wollen, das – – das – –

Rudolph. Das scheint dir schwer, unmöglich? Und doch ist die Gräfin Johanna nur tapfern Männern hold? So sagtest du ja selbst?

Peter. Ich sagte, was die ganze Gegend, das ganze Reich erzählt.

Ru=

Rudolph. Aber ein Meineid entehrt, ein Meineid ist schrekliche Sünde. Zieht zeitliche Strafe, dort vielleicht ewige Verdamniß nach sich!

Peter. (pakt indeß Waffen und Rüstung zusammen)

Rudolph. Warte noch ein wenig! Meineid! Meineid! Das Wort klingt fürchterlich! —— doch laß Rüstung und Waffen nur hier, ich will mit meinen Gewissen zu Rathe gehen; will sehen, ob ich meine neue Liebe zu bekämpfen vermag. Wenn ich deiner bedarf, will ich dich ruffen.

Peter verschwand, und Rudolphs Gewissen sprach zwar laut wider den Meineid, aber sein Herz noch stärker für seine neue Liebe zur schönen Johanna! Er suchte, er rang nach Mitteln, sich bemerkt, sich angenehm, sich beliebt bei ihr zu machen, und fand kein anders, als im Tournier tapfer zu kämpfen, und aller Sieger zu werden. Er wiederholte das Wort: Meineid! so lange, bis es

ihm

ihm minder fürchterlich, endlich um Johannens willen gar angenehm klang. Am Tage des Tourniers legte er Peters Rüstung an, ergrif seine Waffen, zog prachtvol vor die Schranken des Tourniers, und schwur ungerührt den fürchterlichen Meineid.

Das Tournier begann. Die Pracht desselben zu beschreiben, ist wider meine Absicht, wider mein Ziel. Genug! Es war eines der glänzendsten, der prachtvolsten des mitlern Zeitalters; der ganze französische Hof war zugegen; der Kern der spanischen, gallischen und wällischen Ritterschaft kämpfte! Fünf hundert Ritter sprengten nach und nach in die Schranken. Die meisten derselben kämpften mit dem deutschen Rudolph; aber dieser ward aller Sieger, er stürzte sieben und zwanzig Ritter vom Pferde; die Kampfrichter hatten seine Schläge mit Schwerd und Kolben als die geschiktesten ausgezeichnet.

Dampierre, St. Paul, Couci wurden von ihm überwunden, und keiner wolte es

mehr

mehr wagen, mit diesem schrekbaren Ritter
ferner zu kämpfen. Der Jubel ward bald
algemein; die Damen entblößten sich ihres
Schmuks, ihres Puzzes, und warfen alles
Rudolphen zu, der damit gleichsam bedekt
wurde.

Unter allen Merkmalen von dieser Damen
Huld samlete er einsig nur iedes Fähchen,
iede Blume, iedes Band, welches die von
seiner Tapferkeit bezauberte Johanna ihm
zuwarf, und heftete alles an Brust und Herz.
Ehe noch das Tournier geendigt war, rief
schon die algemeine Stimme der Damen, des
Volks, und selbst der Kampfrichter Rudolphen als Sieger aus. Es bedurfte nicht
der gewöhnlichen Versamlung und Untersuchung; es war gar keine Wahl nöthig; denn
Rudolph hatte zu tapfer, zu auszeichnend
gefochten, und selbst die überwundnen Ritter nanten ihn unüberwindlich. Die Gräfin
Beatrix überreichte ihm den Dank, welcher
in einer brillantnen Hutschleife bestand. Jo-

hanna

hanna und noch eine andre Dame trugen sie
auf einem Küssen der Gräfin nach. Beatrix,
und Johanna küßten den tapfern Ritter nach
gewöhnlichen Tournier-Gebrauch. Als er der
Leztern Kuß empfieng, iubelte das Volk laut
und schrie: Das könte ein schönes Paar
werden! Aber der alte Graf Ponthieu run-
zelte seine Stirn, und empfand es sehr hoch,
daß man an einen gemeinen Ritter seine Tochter verkuplen wolle, die er doch, ihren Schwestern gleich, nur einem Könige zugedacht
hatte.

Als man zur Tafel ging, rufte er Johannen seitwärts: Ich sah' es gern, sprach er,
daß du der Tapferkeit gerechten Beifall zoltest,
und dem deutschen Ritter, dem Besieger aller,
mit auszeichnender Huld zuvorkamst! Laß
aber nun auch dein aufmunterndes Betragen
mit dem Tournier geendigt sein. Verstopfe dein
Ohr gegen die Rede des Pöbels, gegen den
Scherz der alten Ritter. Rudolphs Tapferkeit verdient zwar Belohnung: aber Graf

Pon-

Ponthieus Tochter wäre ein zu kostbarer
Preis. Sie stamt aus königlichen Geblüte,
nent zwei Könige Schwäger, und kän daher
keines deutschen Ritters Gattin werden.,,

Johanna schlug unter der ganzen langen
Ermahnung des Vaters die Augen erröthend
nieder, und versprach mit dem Munde, sie
getreu zu befolgen. Aber ihr Herz war nicht
mehr frei; der tapfere Ritter hatte es besiegt,
und gerne hätte sie gegen seine Hand eine Kö-
nigskrone vertauscht. Doch känte sie die
Gesinnung ihres Vaters, und befolgte streng
seinen Befehl! Rudolph saß beim Male an
der Seite der königlichen Braut. Viele alte,
lustige Greise wolten Johannen ihm zur linken Hand sezzen; Prinz Karl suchte sie aus
dieser Absicht selbst; aber Johanna verbarg
sich klüglich unter den Haufen und nahm
endlich unten an der Tafel Plaz. Rudolph,
der um ihrentwillen meineidig wurde, der
nur ihren Beifall, ihr Lob, ihre Liebe zu
gewinnen suchte, sah sich zwar hochgeehrt
durch

durch den Plaz, welchen man ihm anwies;
aber weit williger hätte er ihn dem Ritter
Couci abgetreten, dem das Ungefähr an Johannens Seite sezte. Rudolphs Auge suchte
sie, und fand sie bald mit diesem verhaßten
Ritter im tiefen Gespräche begriffen. Eifersucht bemächtigte sich seines Herzens, und
nagte geierartig daran. Speise und Trank
schmekte ihm nicht. Er sah sich von Johannen vergessen, verachtet. Der König, der
ganze Adel Frankreichs tranken seine Gesund-
heit, alle Damen warfen ihm Blumen zu,
nur Johanna nicht; sie beschäftigte sich, als
diese gewöhnliche Zeremonie verrichtet wurde,
mit ihrer Kleidung, und ließ die Blumen
nachläßig in ihren Schoos fallen. Rudolph
fühlte diese Nachläßigkeit tief; sein Herz
ward gepreßt, und Thränen wässerten sein
Heldenauge. Als das lange Mal geendigt
war, schlug er Tanz und Trunk aus, nahm alzu
große Entkräftung zum Vorwand, und eilte,
vom Jubel des Volks begleitet, nach seiner
Herberge.   Ehe

Ehe er noch ging, versuchte er mit Johannen zu sprechen, und wolte sie fragen: Ob er die im Kampfe ihm zugeworfnen Geschenke zu ihren ewigen Andenken tragen dürfe? Aber Johanna merkte seine Absicht, und wich ihm sorgfältig aus. Voll des stärksten Unmuths, voll der nagendsten Eifersucht warf er sich in der Herberge auf das Lager. Ich ward, sprach er, um deinetwillen meineidig, ehrlos, und du lohnst mir so schlecht, so grausam? Ich muß deine Liebe gewinnen, Weib! Ich muß dich besitzen, oder ich höre auf zu leben! Solche Qual empfand ich noch nie! Solche brennende Begierde fühlte ich noch nie im Herzen!

Nach manchen schnell gefaßten, und eben so schnell verworfenen Entschlüssen ergrif er endlich sein Buch und schlug es links auf. Peter stand sogleich vor ihm.

Rudolph. O Peter, ich bin unglüklich!

Peter. Herr! ich bedaure dich!

Ru=

Rudolph. Deine Waffen haben redlichen Diénst geleistet! Ich ward aller Sieger! Du trägst keine Schuld, aber Johanna, die schöne, die von mir innig geliebte Johanna lohnt mich mit sichtbarer Verachtung! Wie kan, wie soll ich ihre Liebe gewinnen?

Peter. Gehorchen ist meine einzige Pflicht! Nur diese kan, darf ich erfüllen! Mir ist es leid, daß ich dir dies Rabenlied so oft vorsingen muß!

Rudolph. Grausamer, wenn du mir nicht zu helfen vermagst, so ziehe in Frieden, ich will dich nie wieder sehen — Doch nein! harre noch, und höre meinen festen, unwandelbaren Entschlus. Lohnt mich Johanna nicht mit Gegenliebe, verschmäht sie meine Hand, mein Herz, das ich ihr morgen anbieten will, so raube ich mit Gewalt, was man mir so ungerecht verweigert; ich entführe sie aus ihres Vaters Schoos, und fordre kühn von ihr Belohnung meiner Tapferkeit. Kanst du mir in diesem Falle Hülfe leisten?

Petermänchen II. Th.   C   Pe-

Peter. Ich kan!

Rudolph. Und auf welche Art?

Peter. Befiehl, und ich gehorche!

Rudolph. Kanſt du mir zu ieder Stunde, des Tages, oder der Nacht, ein volkommen ausgerüſtetes Schif zu Marſeille verſchaffen? Kanſt du mich und meine Beute ſicher darauf nach Wälſchland führen?

Peter. Ich kan! Wenn ich das Schif ſtehlen darf, wo und wie ich will!

Rudolph. Was kümmert das mich! Wenn ich nur das Schif erhalte!

Peter. Dich muß es kümmern, weil ich deine unbedingte Einwilligung zum Diebſtahl erhalten muß, den ich auf deinen Befehl unternehmen ſoll.

Rudolph. So ſtiehl, raube das Schif, wo und wie du wilſt, wenn ich es nur zu rechter Zeit, nach meinem Verlangen, im Hafen finde.

Peter. Darauf kanſt du ſicher zählen!

Ru=

Rudolph. Kanst du mir Pferde bestel=
len, die mich und meine Beute von Sens
ungehindert, und, merke wohl, unentdekt
vor allen Augen, bis Marseille tragen?

Peter. Ich kan es! Wenn du mir Er=
laubniß giebst, den Eigenthümer der Pferde
zu tödten.

Rudolph. Zu tödten? Peter, du hast
mit deiner Gestalt auch deine Gesinnung
verändert! Ich kan nicht in den Mord ei=
nes Menschen willigen.

Peter. So kan ich auch dir keine Pferde
bestellen, womit du den verlangten Entzwek
erreichst!

Rudolph. Geh! Pake dich! Ich bedarf
deiner nicht!

Peter. Ich gehorche!

Rudolph. Wenn ich dich ruffe, erscheinst
du wieder?

Peter. Ich bin stets bereit, deine Be=
fehle zu hören, und sie zu erfüllen.

C 2   Ru=

Rudolph. Menschenmord ist hundertmal
schreklicher, als Meineid. Menschenmord
soll nicht auf mein Gewissen liegen! Geh,
oder mach billigere Bedingung!

Peter. Ich gehorche dem ersten Befehle,
da ich den leztern nicht zu erfüllen vermag.

Peter verschwand, und Rudolph durch=
wachte die Nacht schlaflos, welche man im
königlichen Schlosse mit Jubel und Tanz fei=
erte. Rudolphs Auge hatte, ehe er wegging,
sehnsuchtsvoll Johannen gesucht; die Reihe zu
suchen traf nun sie! Der alte Vater zechte mit
andern an der runden Tafel; Johanna tanzte
ohne seine Aufsicht, und suchte vergebens den
tapfern Ritter, um nach Gebrauch und Sitte
wenigstens einen Ehrentanz mit ihm zu thun,
und sich für den Zwang schadlos zu halten,
den der harte Vater ihr auflegte. Hätte Ru=
dolph dies nur muthmaßen, nur hoffen kön=
nen, er wäre aufgesprungen vom einsamen La=
ger, und hätte BabiloniensSchäzze nicht gegen
einen Druk ihrer Hände vertauscht.

Am

Am andern Morgen ließ der König selbst
sich nach des tapfern Rudolphs Befinden er-
kundigen, und lud ihn, als er seine völlige
Genesung erfuhr, zum Feste ein. Rudolph
erschien, und der schönen Johanna Auge lächelte ihm beim Eintritte zwanglos entgegen.
Ihr Vater hatte gestern zu viel gezecht, zu
oft den Becher geleert; sein Alter ertrug dies
Uibermaß nicht, er lag krank zu Hause, und
erlaubte seiner Tochter willig den Genuß des
heutigen Festes, weil ihr gestriges Betragen
ieden Argwohn aus seinen Herzen entfernt
hatte. Bald fanden die Verliebten Gelegenheit, sich ungestört im Erker des Saals
zu sprechen. Rudolph trug Johannen seine
Liebe im verdekten Bombaste vor, und diese
erwiederte in eben solchen metaphorischen
Ausdrükken: daß ihr eines so tapfern Mannes Liebe nicht anders als angenehm sein
könne, daß sie aber von einem Vater abhange; dessen Stolz groß sei; der nie zuge-
ben werde, daß sie ihre Hand einem Ritter rei-

che,

che, da schon regierende Fürsten vergebens
darum geworben hätten. Rudolph fühlte das
Herbe dieser Antwort nicht, er zog, gleich
der Biene, aus einem bittern Kraute süssen
Honig. Was kümmerte es ihn: ob der Vater einwillige, wenn die reizende Tochter nur
Liebe gegen ihn fühle? Er drang auf deutliche Erklärung über diesen Punkt, und erfuhr zu seiner innigsten Freude, daß Johanna wenigstens nicht gleichgültig gegen seine
Tapferkeit sei. Mehr zu wissen verlangte
er nicht. Durch zwei Tage ward noch das
Vermählungsfest gefeiert! Rudolph sah Johannen noch oft, sah sie nie, ohne, wenn
das höchste Uibermaß sich vermehren läßt,
noch verliebter zu werden. Des wieder ge-
sunden Vaters Gegenwart verhinderte iedes
Gespräch, und die furchtsame Johanna erzählte blos am dritten Abende einer Dame,
die an Rudolphs Seite stand: daß ihr Herz
durch den immer fortdaurenden Jubel geengt
sei; daß sie frischer Luft bedürfe, und morgen

gen früh spazieren reiten wolle. Dann, endete
sie, reise ich mit meinem Vater fort von hier,
und (seufzend) werde wohl schwerlich niemals
wieder eine so angenehme Gesellschaft genies-
sen.„ — Der schmachtende Ton, mit welchem
Johanna dies aussprach, der fühlbare Ausdruk, dem sie auf das Wort: Angenehme
legte, bestärkte Rudolphen in seinem Entschluß.
So bald als Wohlstand es erlaubte, eilte
er nach Hause, und schlug sein Buch, wie
gewöhnlich auf.

Rudolph. Peter ich bedarf deiner Hülfe.
Morgen müssen Schif und Pferde bereit stehen! Morgen flieh ich mit Johannen fort
von hier! Will sie mir willig folgen, so wird
es mich freuen; weigert sie sich, so raube
ich sie mit Gewalt dem stolzen Vater.

Peter. Das gestohlne Schif wird bereit
stehen, gesattelt die Pferde, wenn du mir
erlaubst den Eigenthümer zu tödten.

Rudolph. Du muß auf der Reise sichtbar uns begleiten, bei iedem Unfalle sogleich
zugegen sein.   Peter.

Peter. Du befiehlst, und ich gehorche.

Rudolph. So geh, und vollziehe meinen Befehl!

Peter. Noch habe ich den Sinn desselben nicht ganz verstanden! Erkläre dich also deutlicher! Soll ich die Pferde bereit halten, und den Eigenthümer derselben tödten?

Rudolph. Ich fordere von dir Erfüllung meines Befehls, mich kümmert die weitere Bedingung nichts. Thue, was du thun mußt, um den vorgeschriebenen Endzwek zu erreichen. Was bedarf es meiner Einwilligung?

Peter. Der bedarf es allerdings. Ich bin nur das Werkzeug deines Willens! Bin deine Hand, die du zum Wohlthun, und zum Todschlag aufheben kanst. Du allein mußt verantworten, was ich beginne; und folglich auch die That billigen, die ich vollziehen soll.

Rudolph. Menschenmord ist schreklich, schreklicher noch, wenn der Ermordete unschuldig ist. Mache bessere Bedingung.

Peter. Du befiehlst mir Unkraut zu säen, und willst Waizen erndten? Lerne doch einmal einsehen, und begreifen: daß böser Vorsaz nur durch noch schlimmere Hülfsmittel zur That werden kann! Um weiß schwarz zu machen, muß ich mich der schwarzen Farbe bedienen, und werde unmöglich mit rother oder weißer meinen Endzwek erreichen.

Rudolph. So mache denn schwarz, was nicht weiß bleiben kann! Räume hinweg, was mich in meinem Vorhaben hindert, und besorge die Pferde, welche mich und meine Leute ungehindert nach den Hafen bringen.

Peter. Mehr befiehlst du nicht?

Rudolph. Wenigstens vor heute, vor izt nicht.

Peter. In wenig Augenblikken wird alles bereit sein.

Rudolph. Für guten Erfolg stehst du aber doch?

Peter. Ich stehe für Sicherheit bis ins Schif! Für glükliche Uiberfahrt bis an die Küste, welche du dir selbst wählen wirst.

Kaum war Peter verschwunden, als
Rudolph ungeachtet der sichern Anstalten, an
der glükkichen Ausführung seines Plans zu
zweifeln anfieng. Entführen, sie entfüh=
ren', sprach er zu sich selbst, kann ich wohl
die schöne Johanna! Ob und wie sie aber
diese Entführung aufnehmen wird? Ob sie
mit dem, der sie aus dem Schos ihrer Fa=
milie, aus dem Kreise des glänzenden Hofs
herausreissen, und zu seiner Buhldirne ma=
chen will, ob sie mit diesem willig ihre Reiz=
ze theilen, seine warme Liebe mit noch wär=
merer Gegenliebe erwiedern wird? Dies ist
eine Frage, die ich mir nicht mit Ja, siche=
rer mit Nein zu beantworten getraue. — Mei=
ne Tapferkeit, fuhr er fort, machte Eindruk
auf ihr uhschuldiges argloses Herz; sie schäzt,
sie liebt mich; ihr Auge verräth, was ihr
Mund nicht zu gestehen wagt. Aber ihre Lie=
be, so schmachtend, so bangend, so sehn=
suchtsvoll sie immer sein mag, ist eben so un=
schuldig, so rein, wie ihr Herz; sie wird nicht
gut=

gutwillig gewähren, was meine Begierde heischen muß; und geraubter, mit Gewalt errun-
gener Genuß befriedigt eben so wenig, als
wenn der Hungrige den Schatten der Speisen, die er nicht erreichen kann, zu verschlingen
sucht; umsonst wird er sich gesättiget glauben,
und bald stärkern Hunger fühlen! Nach lan-
gem Nachdenken beschloß er endlich, Johannen nicht selbst zu entführen, sondern durch
Petern entführen zu lassen, und wenn sie
mitten unter Barbaren ohne Trost, Rettung
und Hülfe zu sein glaubte, ihr Tröster, ihr
Retter zu werden, sie aus den Händen der
Feinde zu befreien. Dann, rief er triumphirend aus, wird Dankbarkeit vollenden, was
Gewalt nicht erzwingen kann. Freudig wird
sie in die Arme ihres Erretters sinken, ihm,
der alles ihr ist, auch alles sein! Flugs
schlug er das Buch links auf, und flugs stand
Peter vor ihm.

Peter (mit blutigen Händen und Kleide.) Was befiehlst du? Ich komme eben vom
Morde,

Morde, den ich auf dein Geheiß beging. Wie
ich voraus ſah, ſo geſchah es auch; der Eigenthümer wolte ſeine Renner mir nicht gutwillig überlaſſen; ich ſchlug ihn mit der Keule zu Boden; ſein Blut beſprizte mich! Dort
rief er aus, will ich Rache fordern, und ſo
ſchloß ſich ſein Mund auf immer.

Rudolph. Und dies alles mußt du mir
erzählen, dies alles aufs Herz wälzen? Peter, Peter! Dein Betragen wird immer ſelt-
ſamer! Bald ſolte ich glauben : dein Weib
habe recht!

Peter. Glaube, was dir glaubenswürdig
ſcheint! ich kann es nicht verhindern. Das
Schikſal hat mich zu deinen Diener erkoh-
ren, ich muß blind gehorchen, blind vollziehen, was du befiehlſt. Gieb beſſere Auf-
träge, ſo werde ich auch beſſer handeln! Noch
ſteht es ganz bei dir: Ob du dich der Pferde bedienen wilſt oder nicht.

Rudolph. Jezt, da die That vollbracht iſt,
da des Unſchuldigen Blut ſchon Rache for-
derr.

dert. Geh, reinige dich, ich kann dies Blut
nicht sehen.

Wie Peter sich entfernte, sprach Rudolphs Gewissen laut. Es machte ihm fol-
ternde Vorwürfe, aber sein wollüstiges Herz
forderte und begehrte noch lauter; das Gewissen wurde alsobald übertäubt, es mußte
schweigen.

Rudolph (zum eintretenden Peter.) Du
zögerst lange.

Peter. Glaubst du, daß Menschenblut
sich sobald vertilgen läßt?

Rudolph. Schweig davon! Ich habe
wichtigere Dinge mit dir zu sprechen. Du
sollst Johannen entführen, mit ihr auf den
bereitstehenden Pferden zum Hafen, aus diesem mit dem segelfertigen Schiffe nach Welschlands Küsten eilen. Dort werde ich dich
einholen, dir die Beute abjagen, und so ihr
Retter zu sein scheinen. Warum ich diesen
Plan beginne? Weswegen ich dies alles so
ordne? Dies brauche ich dir wohl nicht erst zu
erklären.   Peter-

Peter. Dies bedarfst du nicht. Ich sehe deinen ganzen Plan ein, und bewundre deine List.

Rudolph. Zur Ausführung desselben bedarf ich aber noch eines Schiffes. Mußt du dies etwan auch stehlen?

Peter. Ich muß, wenn du es befiehlst!

Rudolph. So stiehl und morde dann, wie du wilst, wenn ich nur meinen Endzwek erreiche. Ist das erste Schif schon bemant?

Peter. Es ist es, und kann jede Stunde absegeln.

Rudolph. Veranstalte mit dem zweiten ein gleiches. Unterrichte die Mannschaft, daß ich ihr Herr sei, und daß sie meine Befehle schnell zu vollziehen haben.

Peter. Es soll geschehen.

Rudolph. Morgen mit dem frühsten erwarte ich dich vor meinem Lager.

Wie die Sonne die Berge zu vergolden anfieng, stand der allzeit dienstbare Peter auch vor demselben.

Peter.

Peter. Die Pferde und Schiffe sind bereit, was befiehlst du, daß weiter geschehe?

Rudolph. Johanna wird bald am Ufer des Flusses spazieren. Harre dort ihrer, und raube sie! Veranstalte es so, daß mehrere deinen Raub sehen! Verblende aber ihre Augen, daß sie den Weg nicht finden, den du nimst.

Peter. Ich will es!

Rudolph. Wie werde ich aber dich, und dein Schif auf dem Meere finden?

Peter. Der Wind, welcher unsere Segel schwellt, wird auch die deinigen führen. Uebrigens steh ich ieberzeit vor dir, wenn das Buch mich ruft.

Rudolph. So eile und vollziehe deinen Auftrag. Aengstige iedoch das gute Kind nicht zu sehr! Raube ihr nicht iede Hofnung, damit Verzweiflung sie nicht tödte!

Peter. Laß dies meine Sorge sein. Ich will sie wohlbehalten in deine Arme liefern.

Er

Er eilte fort, und Rudolph harrte ängstlich des Ausgangs. Gegen Mittag erscholl
schon in der Stadt das Gericht: die schöne
Gräfin Johanna sei von einem ungeheuren
Riese geraubt, und entführt worden. Die
königliche Familie, der ganze Hof gerieth in
Bewegung. Die noch versamleten Ritter
schwangen sich auf ihre Rosse, und jagten auf
dem Wege fort, den der Riese genommen hatte.
Alle schwuren, nicht eher zurückzukehren, bis
sie das Abendtheuer bekämpft, und die
schöne Johanna erlöst hätten. Um jeden
Verdacht zu entfernen, eilte auch Rudolph
nach Hofe, sprach selbst mit dem trostlosen
Vater, und gelobte ihm, der Retter seiner
Tochter zu werden. Derjenige, rief Graf
Ponthiru in der Größe seines Schmerzens
aus, welcher sie gesund und unbefleckt in
meine Arme liefert, soll sie von meiner Hand
zur Gattin erhalten, wenn er anders nur
Ritter ist.

Be=

Belebt durch dies Gelübde, eilte Rudolph nach der Herberge, fand den Ritter Bruno im Vorhofe, und befahl ihm; seine Geräthe, alle seine Kostbarkeiten zu verschließen, und indeß zu verwahren. Dieser Ritter war sehr arm, lebte seit einiger Zeit nur von Rudolphs Geschenken, und war unter seinem Gefolge! Rudolph belohnte seine Dienste mit innigem Vertrauen. — "Bald erhältst du Nachricht von mir! sprach er zu ihm, schwang sich auf sein Roß, und jagte nach Marseillens Hafen. Keiner der übrigen Ritter nahm diesen Weg, denn die Sage war allgemein; daß der Riese mit der schönen Johanna nach Spaniens Grenzen geflohen, und irgend ein vornehmer Mauritaner sei. Im Hafen wolte nun Rudolph voller Eil, voll Begierde nach nahem Genuß, sein schon besteltes Schif besteigen. Er fand dort Schiffe in Menge, aber keines, daß ihm nach Welschlands Küste übersezzen wolte. Die meisten waren mit Kaufmansgütern beladen, und die andern wenigen schon gemiethet. In

Petermännchen II. Th.   D   der

der schnellen Elle, mit welcher er die Herberge verließ, hatte Rudolph seines Peters Ränzchen, und folglich auch das Buch mitzunehmen vergessen. Jezt erst entdekte er dies, und verfluchte seine Eilfertigkeit. Schon wolte er wieder landeinwärts jagen, und sein zurükgelassenes Ränzchen holen, als ein Schif sich dem Hafen näherte, und mit der Fluth schnell herein segelte. Vielleicht ist dies mein Schif, dachte er, und begab sich an Boot desselben. Wen führst du, sprach er zum Steuerman, wirst du hier verweilen, oder weiter reisen?

Schiffer. Ich komme von Egiptens Küsten, und führe nichts als eine Pilgerin, die hier ausgesezt zu sein verlangt. Ich kaufe dann nur Lebensmittel, die mir mangeln, und segle in meine Heimat nach Welschlands Küsten.

Rudolph. So kaufe sie schnell, und seze mich in dein Vaterland über! Ich will dir den Weg gern eben so bezahlen, als wenn dein Schif vollbeladen wäre.

Schiffer.

Schiffer. Wohl mir und dir, daß wir
uns trafen! Dir gebrichts an Zeit und mir
am Golde. Mein Schif segelt schnell; der
Wind weht günstig, in zwei Stunden können
wir abreisen.

Rudolph, der noch immer glaubte, daß
Peter ihm das Schif sende, befahl dem Schif-
fer nochmals Eile, und fragte indeß nach der
Pilgerin. Wo kömmt sie her? Ist sie schön?

Schiffer. Engelschön! Wo nicht schöner,
doch eben so schön als Madonna, und eben
so andächtig wie sie. Stets lag sie vor dem
Bilde des Gekreuzigten, und fastete und betete die lange Zeit der Uiberfahrt. Noch iezt
dankt sie dem Ewigen, daß er uns glüklich
im Hafen geleitete. Wilst du sie sehen, so
steige hinab! Ich besorge indeß meine Geschäfte.

Rudolph stieg hinab, sah eine Engelge-
stalt in glühender Andacht beten, und erkante in ihr —— Euphrosinen!

D 2 Ru=

Rudolph. (den der Anblik durchbeb=
te, voll Erstaunen ausrufend.) Euphro=
sine!

Euphrosine! (emporschauend, zurük=
sinkend, auffspringend und in seinen Ar=
men liegend.) O Allmächtiger, du hast mein
Gebet erhört, mein inbrünstiges Flehen er=
füllt! Mutter, deine Weissagung trift ein!
Ich habe ihn gefunden, den Mann meines
Herzens, den Vater meines werdenden Kin=
des! O ich will ihn fesseln mit Liebe, mit
Bitte! Er wird den Thränen des verlassenen
Mädgens nicht widerstehen. Er wird hören
die Stimme der Natur. Er wird des Mäd=
gens Gatte, des Kindes Vater sein!

Rudolph (hingerissen von dein wonne=
vollen Entzükken des Mädgens, seinen
Arm um sie schlingend.) Euphrosine! Mei=
ne Euphrosine, ich habe dich wieder gefun=
den!

Stummes Entzükken, unnenbares Gefühl
durchströmte die beiden Liebenden. Sprach=
los

los standen sie da, und fühlten tief! Er
blikte hinab in ihr leidendes, schmachtendes
Gesicht! Sie hierauf in sein feuriges, glü=
hendes Auge! So standen sie lange, bis end=
lich Rudolphs flüchtiger Geist, des stummen
Genusses satt, sich rükerinnerte an seine Rei=
se, an seine schöne Johanna. Er verglich
die noch kaum entfaltete Rose, mit der gegen=
wärtig verbleichten, beinahe entblätterten, bei=
nahe verwelkten. Sein Gefühl, seine erwach=
te Liebe verschwand allmählig. Mitleid, Er=
barmen mit der Gefallenen quälten sein Herz.
Er wünschte das unangenehme Gefühl zu en=
den, sich zu entfernen von der hagern Gestalt,
deren Elends Quelle und Stof er war. Heu=
chelnd wand er sich aus ihren Armen los.
"Euphrosine! sprach er: Ich bin dieser Güte,
dieser über großen Liebe nicht würdig! Ich ver=
diene sie eben so wenig, als deine Verzeihung!
Wisse und hasse mich. Ich war es, der dich dem
Sultan verrieth, und überlieferte. Fliehe
den Undankbaren, den Verräther, der dei=

nes

nes Anbliks nicht, vielweniger deiner Liebe
werth ist.

Euphrosine (ihn fest haltend, sich stär-
ker an ihn schmiegend.) Bleibe! Bleibe!
Ich verzeihe dir alles, und wolte Gott! daß
du noch mehr verbrochen hättest, damit ich dir
noch mehr vergeben könte! Aechte Liebe findet
Wollust im Verzeihen, findet Nahrung im
Vergeben! Ich lasse dich nicht! Ich hange
Kletten ähnlich an dir! Bedenke Rudolph,
das gefallene Mädgen fordert von dir einen
Gatten! (schamvoll, mit hinabgesenktem
Blikke) Das ungebohrne Kind will nicht va-
terlos gebohren werden.

Rudolph (mit sichtbarer Verlegenheit da stehend.) O ich habe zu viel verbrochen, du kanst mir nicht verzeihen!

Er schwieg, um seine Verlegenheit zu ber-
gen, auch Euphrosine schwieg, und erwartete
wenigstens Liebelohn für ihre außerordentliche
Großmuth. Dies qualvolle Schweigen zu enden, sich fortzufristen in dieser ängstlichen Lage,

ge, fieng Rudolph an zu fragen: Wie war
es möglich, daß du dem Tirannen entronnen,
daß du meinen Aufenthalt entdekken kontest?

Euphrosine. Könte ich dir den Schmerz,
welchen ich bei unserer gewaltsamen Tren=
nung empfand, in seiner Größe schildern, so
müßte ich unendlich wie Gott sein, denn auch
mein Schmerz war unendlich. Doch ich habe
dir alles vergeben, und muß also auch alles
vergessen. Eine tödtliche Krankheit ergriff
mich, als ich mich wieder in den Händen des
Sultans fühlte. Du würdest mich nicht le=
bend wieder gesehen haben, wäre meine Mut=
ter mir nicht zu Hülfe geeilt. Schon um=
schwebte mich Todesangst, schon kühlte kalter
Schweis meine brennende Stirne, als sie
vor mein Lager trat. Gefallne, entehrte,
geschändete Tochter, sprach sie, du verdien=
test mein Mitleid nicht, viel weniger mei=
ne Hülfe; aber um des Kindes willen, das
du unwissend unter deinem Herzen trägst,
will ich mich deiner erbarmen; um der Hof=
nung

nung wissen, die dir noch grünen und Früch-
te tragen kann, will ich dich retten. Nimm,
und trinke! „ — Sie reichte mir einen Trank,
den ich begierig verschlukte, und bald darauf einschlief. Mein Schlaf muß dem Tod so ähnlich gewesen sein, daß mich selbst der Sultan,
und seine Aerzte für wirklich todt hielten.
Als ich erwachte, lag ich in einem Todten-
gewölbe, war bekränzt mit Blumen, und
gesalbt mit Wohlgeruch. Die gute Mutter
stand wieder vor mir. Folge mir! war alles, was sie sprach. Zitternd gieng ich ihr
nach; sie führte mich in dieses Schif, vor
diesem Altar! Bereue dein Verbrechen, sagte
sie, flehe innig um Verzeihung! Er, der aller Welt Sünde trug, wird die Deinige
auch auf sich nehmen! Dies Schif wird dich
an Frankreichs Küste führen, dort wirst du
deinen Verführer wieder finden! Ist sein
Herz noch mit keiner neuen Liebe bestrikt;
gelingt es dir sein Gefühl zu wekken, wird
er dein Gatte., deines Kindes Vater;

so haſt du ſeine Seele, deine Ehre gerettet!
·So haſt du für den Verbrecher ein Söhnopfer
gebracht, und dir wird es wohlgehen auf Erden! Verſchmäht er aber deine Liebe, hört er
dein Flehen nicht; reicht er dir nicht ſeine Hand
vor dem Altare, ſo büſſe, leide, dulde, arme Unglükliche, ſo lange, bis der Ewige deine Qual endet, und dich zu ſich ruft. Mich
ſiehſt du dann wieder! Sie verſchwand, und
frohe Ahndung erfülte mein Herz. "Er wird
ſich meiner erbarmen, er wird ſeine Seele,
meine Ehre retten! Dies war der einzige Gedanke, den ich die ganze Zeit der Uiberfahrt
dachte, der ſich tief in mein leidendes Herz
wurzelte, um deſſen Erfüllung ich Tag und
Nacht zu Gott flehte. Rudolph! Rudolph!
(mit bebender gebrochener Stimme) Rudolph, wende dein ſtarres Auge auf mich ——
Sieh herab auf das unſchuldige Opfer! (ſie
ſank an ihm hinab, und umfaßte ſeine
Knie) Siehe mich einer Bettlerin gleich zu
deinen Füſſen ſchmachten. Ich gab dir alles,

ich verschwendete meinen ganzen Reichthum an
dir. Ich flehe um eine einzige Gabe, um Wieder-
erstattung meiner Ehre, um Vaternamen für
mein Kind! Wirst du mich unbeglükt entlas-
sen? Wirst du mich unerhört verstossen?
Sprich, Rudolph, ende die quälende Unge-
wißheit!

Rudolph. Nein! Nein!

Euphrosine (auffspringend, an seinen
Hals hangend.) Nein? Nein? O wiederhole dies göttliche Nein noch oft! Stärke damit dies leidende Herz! Nein, sagtest du?
O wenn du wüßtest, wie viele, welche un-
überschwengliche Kraft in diesem einzigen
Nein für mich liegt, du würdest es noch tausendmal wiederholen! Mann meines Herzens,
Ich finde keinen Ausdruk, der deiner That
gleicht! Neuer Schöpfer meines Lebens,
mache mich ganz glüklich! Sprich weiter; wilst
du mein Gatte und deines Kindes Vater werden?

Ru-

Rudolph. Ich will! ich will!

Euphrosine (mit grenzenloser Freude.) Du wilst? Du wilst? (Sie vermag nicht weiter zu reden, sie deutet mit der Hand auf Mund, Brust und Herz mit jubelndem Tone) Du wilst!

Rudolph. Ich will! aber —

Euphrosine (ihm den Mund zuhaltend.) Kein aber! — O dies aber gleicht einer schreklichen Klippen auf ofner See! Sieh Rudolph, dein Mädgen schwimmt nur auf einem Brete, der wüthende Sturm wirft sie an die Klippen; sie scheitert!

Rudolph. Nein, nein, trautes Mädgen! Glaube meinem Worte! Aber höre mich ganz, und urtheile dann selbst: Ich war die Zeit unserer Trennung an Galliens Hofe. Ich tournirte dort mit Ehre und Ruhm. Ein Riese, der in irgend einer Wüste oder in einer felsigten Insel seine Raubhöle hat, kam auch dahin, und raubte des mächtigen Grafens Ponthieu jüngste Tochter. Alle anwesende

Ritter

Ritter schwuren in des gekränkten Vaters
Hand, dies Abendtheuer zu bekämpfen, ihm
seine Tochter wieder in die Arme zu liefern.
Unter den Schwörenden, unter den Suchenden bin auch ich! Eine lügenhafte Sage
führte mich zum Hafen; hier erfahre ich erst,
daß der Räuber mit ihr landeinwärts gegen
Spaniens Grenzen geflohen sei. Nicht fern
von hier war er noch gestern, und höchste
Eile ist nöthig, wenn ich dem Geier die Tau-
be noch entreissen will.

Euphrosine. Ritterpflicht und Schwur
sind heilige Pflichten, aber des Gatten, des
Vaters Pflichten sind es minder. Ja, sind sie
nicht noch wichtiger? Urtheile selbst! — Doch
nein, nein! Ich bin schon geopfert; sie ist vielleicht noch rein, noch unschuldig! Das Gefühl des Mädgens muß schreklich sein, wenn
sie in dem Augenblik alles zu verlieren fürchtet! Eile, Rudolph, eile! rette ihre Unschuld! Nur die, welche sie verloren hat,
kann diesen Werth ergründen! Eile, und wenn

du

du sie unverletzt in die Arme des weinenden
Vaters überlieferst, wenn er im Uibermaße
seiner Freude, der Tochter Hand zum Lohne
dir beut, so gedenke, daß du schon eine Gat=
tin hast, schon Vater bist.   Ich will hier in
einem Kloster harren, will inbrünstig zum
Ewigen flehen, daß er dich sicher geleite, ge=
wiß. in meine Arme zurückführe.

Rudolph. Das wird er! Das wird er!
So lebe denn wohl, Traute, bis zur glük=
lichen Wiedersicht! Verlasse dich auf mein
Wort, ich komme gewiß, ich komme bald!
(er küßte sie schnell, und wolte eben so
schnell fort eilen.)

Euphrosine (ihm zurückhaltend.) Du
gehst? Du eilst fort, ohne vorher meinen
Aufenthalt zu wissen, ohne mich dahin zu
begleiten? O Rudolph, wenn du — wenn
wirklich! — Komm her! Sieh hier das Bild
des Gekreuzigten! Kehrst du nicht wieder,
so bedenke: daß er zwar aller Welt Sün=
den auf sich zu nehmen versprach, aber auch

einst

einst als Richter der Lebendigen und Todten
erscheinen wird. Und nun kein Wort mehr!
Leite mich nach meinem Kloster; sage den
Nonnen, daß ich deine Gattin sei, damit,
kehrst du ja nicht wieder, die Scham und
Schande mich, um des Lebens deines Kindes
willen nicht eher, als der Gram tödte! (Rudolph wolte reden) Kein Wort mehr, führe
mich nach dem Kloster!

Rudolph wiederholte und bekräftigte noch
unter Weges oft die Versicherung, daß er
höchstens binnen Monatsfrist zurükkehren,
und ihr Gatte werden wolte. Aber Euphrosine sprach nicht mehr; denn tiefer Gram
hatte sich' wieder ihrer Seele bemächtigt. Geduldig ließ sie sich den Nonnen übergeben,
die sie willig aufnahmen, weil Rudolph einige Hände voll Goldstükke in ihr Skapulier
warf. Als er fort ging, weinte Euphrosine
laut, fiel schluchzend um seinen Hals, und
sagte: In Monatsfrist oder nie! Bald entfloh der Theure ihrem nachstarrenden Auge,

und

und hauchte, schon an der Pforte, das ängst-
liche Gefühl von seiner Seele, die quälende
Marter von seinem Gewissen, die Last von
seinem Herzen. Er vergaß in diesem Augenblikke schon die leidende Euphrosine, und
dachte nur an die schöne Johanna; denn sein
Herz war ruchlos geworden; die Grundsäzze
der Religion und Ehre waren daraus ver-
wischt. Es glich einem wüsten Garten, in
welchem wollüstige Leidenschaften aller Art,
gleich Disteln und Nesseln, wild empor wuch-
sen. Er überlegte und dachte nach, was er
unternehmen, und zur fernern Ausführung
seines Endzweks beginnen solte. Daß Euphrosinens Mutter ihm das von Peter be-
stelte Schif entführt; daß sie vielleicht diesen überlistet, ihn und die schöne Johanna
gefangen halte, schien ihm beinahe gewiß.
Um sich aber ganz von der Gewißheit zu
überzeugen, blieb ihm kein anders Mittel
übrig, als zurükzukehren, sein vergeßnes
Ränzchen zu holen, das Buch aufzuschlagen,

zu

zu erwarten, ob Peter käme, und wenn er
käme, Rath und Auskunft zu verlangen!
Er miethete frische Pferde, jagte Tag und
Nacht, und kam am andern Tage Abends
spät in seiner Herberge an. Das Ränzchen
hing sonst stets an seines Lagers Seite; er suchte, und fand es nicht. Alle seine Geräthschaften waren eingepakt; er riß sie aus einander,
durchsuchte sie, und fand das Ränzchen wieder nicht. Wüthend rief er seinen zurükge-
laßnen Dienern. Einer derselben erschien.

Rudolph. Wer hat ein Ränzchen von
meines Lagers Seite weggenommen?

Der Diener. Herr! ich weiß es nicht!

Rudolph. Welcher unter euch pakte mein
Geräthe zusammen?

Diener. Der glükliche Ritter Bruno!

Rudolph. Wo ist er? Und warum nennst
du ihn glüklich?

Diener. Ist er es etwan nicht in ganzer
Fülle? Er, der vorher, seine Ahnen ausgenommen, an Armuth uns so ganz gleich
war,

war, ist heut als Graf ausgeruffen worden,
und vermählt sich morgen mit des Grafen
Ponthieu jüngsten Tochter, Johanna!

Rudolph. Wie? wär es möglich? O
unmöglich!

Diener. Herr, des Todes will ich auf der
Stelle sein, wenn ich euch etwas vorlüge. Geht
nach Hofe, und erkundigt euch: ob ich Wahrheit spreche? Als er euer Geräthe zusammen
gepakt hatte, ließ auch er bald darauf ein
Roß sich satteln, iagte fort, und kam am
andern Tage mit der Entführten zurük. Er
hatte den Riesen in irgend einem Walde getroffen, ihm die Beute abgeiagt, und führte sie nach Hofe. Der Jubel war groß, der
Lohn noch größer; denn er erhielt vom Vater die Tochter.

Rudolph. Unmöglich! Unmöglich! und
doch — doch — O schrekliches Licht! — —
Wie beträgt sich die Braut? Was sagt sie?

Diener. Deine Knappen, welche gestern
der Verlobung zusahen, erzählten, daß sie

geweint habe, daß sie sehr traurig sei. Glaub'
es auch herzlich gerne, denn Ritter Bruno
ist nicht schön; ist rauh in seinem Wesen; ist
nicht nach Ritter - vielweniger nach Hof=Sitte
erzogen. Es wird der zarten Blume weh
thun, in eines solchen Mannes Armen zu
liegen! Man bedauert sie algemein, daß
sie, deren Schwestern Königinnen sind, lezt
das Opfer eines übereilten Gelübdes von
ihrem Vater werden muß.

Der bestürzte, erschrokne Rudolph schnalte
seinen Harnisch ab, zog eilend sein Wams
an, und flog nach Hofe. Hier hörte er zu
seinen Erstaunen die Bestätigung der ganzen
Geschichte. So gerne er den Ritter Bruno,
die schöne Johanna, wenigstens den Vater
derselben zu sprechen wünschte; so war es
für heute doch nicht möglich. Keines derselben war sichtbar; selbst die königliche Familie nicht. Alle waren im Innern der Gemächer versamlet, weil unter ihren Augen
der Ehekontrakt des neuen Grafen verfaßt
wurde.

wurde. Schäumend für Wuth, aber ohn«
mächtig tobend kehrte Rudolph nach seiner
Herberge zurük! Der Elende hat sich meines
Ränzchens bemächtigt! sprach er zu sich selbst!
Ich will es zurük fordern; ich will mit ihm
kämpfen! Aber wird er nicht durch Hülfe
seines neuen Dieners mich überwinden, töd«
ten? — Noch lange überlegte, berathschlagte
Rudolph, fand nirgends Aussicht, nirgends
Hofnung! Der Gedanke, daß die schöne,
reizende Johanna eines andern sein, in eines
andern Armen liegen solte, war ihm schreklich;
noch schreklicher aber der, daß er von seinem
Peter nun verlassen der Wollustfreuden wenig
mehr genieße, wohl gar an der Seite der
schmachtenden, hagern Euphrosine, seine ü«
brigen Tage dunkel und geschäftslos durch«
leben würde. Er hatte bisher genossen, was
seine Sinne reizte, und solte nun nicht mehr
verlangen, beständig hungern! Voll Ver«
zweiflung warf er sich auf sein Lager, suchte
Ruhe, suchte Trost, suchte Hofnung, und

E 2   fand

fand keines von diesen. Wachend überrasch-
te ihn die Mitternachtsstunde; wachend fand
ihn Peter, welcher wider alles Erwarten
auf einmal vor ihm stand.

Peter. Ein treuer Diener vergißt seines
alten Herrens nicht! Stößt ihn auch dieser
von sich, so achtet er solches nicht, und kan
er ihm auch nicht mehr dienen, so fragt er
doch dann und wann nach seinem Befinden!

Rudolph. O Peter, treuer, einziger
Freund! Erbarme dich meines Leidens, rette
mich! rette Johannen!

Peter. Ein schöner Wunsch von deiner
Seite! Eine noch herlichere Freude für mich,
wenn ich ihn erfüllen könte! Aber du bist deines Unglüks eigener Schmied! Entweder hast
du einem Verräther zu viel vertraut; oder
den Werth meines Geschenkes zu wenig geachtet.

Rudolph. Das leztere, guter Peter,
das leztere! In der Eile, mit welcher ich
dir folgen wolte, vergaß ich dein Ränzchen.
Er fand es.   Peter.

Peter. Ja wohl, er fand es, und machte mich
zu seinem Sklaven! Als ich eben mit der
Geraubten ein Gehölz durchflog, rief mich
des Buches Zwang. Ich verbarg Johannen
in einer Höhle, und schloß mit Bann die
Oefnung. Immer noch glaubte ich, du habest das Buch eröfnet; du seist meines Dien-
stes bedürftig! Aber es war der Ritter Bruno, der aus Neugierde das Ränzchen geöf-
net, das Buch, unbewußt, was er beginne,
zu deinem Unglükke links aufgeschlagen hatte.
Er erschrak, als er mich erblikte; er bebte,
als ich seinen Befehl zu wissen verlangte.
Aber zu bald, nur zu geschwind faßte er
sich. "Bist du nicht der Riese, welcher die
Gräfin Ponthieu entführt hat? fragte er. „
"Ich bins! „ "Wo ist sie? „ "Ich habe
sie in einer Höhle verborgen! „ Er fragte
noch mehr; und da er immer das Buch offen in der Hand hielt, so mußte ich ihm alles erzählen, selbst des Buches Macht entdekken. Er beschloß sogleich, sich dieses un-
ver-

verhoften Geschenkes zu bemächtigen. Er
that, was du thun woltest; befreite Johannen aus meiner Hand, und wird sich morgen
mit ihr vermählen. Ich sah dich diesen
Abend durch die Gallerien der Burg rasen;
ich beschloß sogleich, dich von meiner Unschuld
zu überzeugen, und Abschied von dir zu nehmen.

Rudolph. Wie? Du köntest mich verlassen? Du woltest mich nicht retten?

Peter. Ich bin des Buches Sklave! Der
Besitzer desselben ist mein unumschränkter Herr!
Nur seinem Dienst bin ich gewidmet, und
kan keinem andern dienen.

Rudolph. Weh dann mir! weh der armen Johanna! Geh, verlaß mich, damit
du nicht Zeuge meiner Verzweiflung selst, sie
deinem neuen Herrn nicht wieder zu erzählen gezwungen wirst! Geh, und bringe ihm
meinen Fluch!

Peter. Lebe wohl! Ziehe nach deiner
Heimath, und suche dort glüklich zu sein!

Ru-

Rudolph. Peter! Peter! Du kanst mir
also wirklich nicht helfen? Bleib, und be=
antworte mir wenigstens noch eine Frage:
Was macht Johanna? Liebt sie den Ver=
räther?

Peter. Sie haßt ihn wie den Tod; sie
liebt dich inbrünstig und stark! Sie wird
eben so elend in seinen Armen sein, als sie
glüklich in den deinigen wäre!

Rudolph. (von seinem Lager auffsprin=
gend) O dann muß ich sie retten, und wenn
ich ewig dafür in der Hölle brennen solte!

Peter. (sich umkehrend) Wenn du das —
doch nein, das wirst du nicht, das kanst du
nicht thun!

Rudolph. Sprich, weißt du Hülfe?
Die Bedingung sei auch noch schreklich! Ich
will, ich werde sie erfüllen!

Peter. Kümmert dich dein ienseitiges Wohl
nicht, wilst du nur hier vollauf genießen,
und ruhig erwarten, wie es sich dann hier endigt,
und dort beginnt, so weiß ich noch Rath und
Hülfe!   Ru=

Rudolph. O rede! rede! Ich will sie
ergreifen!

peter. Daß ich ein Geist bin, ist dir
bekannt; daß ich ein böser Geist, ein Diener
des Belzebubs bin, konntest du muthmaßen!
Jezt ist es nicht mehr Zeit, dir dies zu verhelen,
und ich bekenn' es also selbst. Da ich immer
nur deinen Leidenschaften fröhnte, so hättest
du es auch längst errathen können. Ist es dir
also Ernst, nur deines irdischen Lebens in
vollem Vergnügen, in voller Freude und
Wollust, beglükt mit allem, was menschlicher
Wille begehren kan, zu genießen; so höre
meinen Rath. Hier hast du einen Stab,
schlage damit siebenmal in die Luft, sieben=
mal auf die Erde, sprich siebenmal den Na=
men Belzebub aus, und er wird erscheinen.
Er wird — denn in seiner Macht steht es —
dir dein Ränzchen wieder geben, mich wieder
zu deinen Diener machen; und Johanna, nebst
ihr noch alles, was du verlangst, soll dir
werden, wenn du ihm dafür deine Seele
ver=

verschreibst! (Rudolph bebte zurük) Scheint
dir dies zu gefährlich, zu schreklich, so ziehe
wieder nach Marseille! Reiche der jammern-
den Euphrosine deine Hand, schwöre ihr
ewige Treue, halte sie fest, bete, faste, ka-
steie deinen Körper, vielleicht wird es dir
jenseits vergolten; vielleicht büssest du hier
ab, was du schon verbrochen hast. Lebe wohl!

Peter ließ den Stab liegen, und verschwand. Rudolphs Herz war schon sehr
verwildert; kaum lag noch ein Funken von
Tugend und Religion in seinem Herzen verborgen. Aber dieser loderte jezt zum leztenmal in ihm empor; er schauderte, und beschloß, seine Seele nicht zu verkaufen. Qual-
voll durchwachte er die Nacht. Sein ge-
wektes Gewissen, das ganze Heer der unge-
sättigten Leidenschaften kämpften einen fürchterlichen Kampf! Bald siegte das erstere,
bald die leztern! Mit Tages Anbruch ging
er nach der Burg, und beschloß Rache zu
fordern von dem verrätherischen Bruno. Er
traf

traf ihn, wie er wonnetrunken über sein nahes Glük in der Gallerie spazieren ging. Wü-
ehend wolte Rudolph sein Schwerd ziehen,
und den Verräther durchbohren; aber seinem
Arme entfloh die Kraft; er konte das Schwerd
nicht aus der Scheide bringen. Er wolte
ihm wenigstens fluchen, aber seine Zunge
war gelähmt, er stotterte, gerieth in Verlegenheit, und wünschte endlich dem Urheber
seines Unglüks viel Freude und Wonne zur
nahen Vermählung. Bruno dankte, versprach
der Wohlthaten, die er ihm erzeigt, nie zu
vergessen, und eilte in der Braut Gemach,
das man eben öfnete. Rudolph wankte be-
sinnungslos in seine Herberge, er ließ sein
Roß satteln, und wolte nach Marseille iagen;
als er aber eine Stunde lang geritten, trieb
Sehnsucht und heiße Begierde ihn wieder
zurük. Wie er durch die Stadt trabte, be-
gegnete ihm der Hochzeitszug, der aus dem
Tempel zurük nach der Burg zog. Das feste Band, das kein Mensch lösen soll, war

schon

schon geknüpft! Er sah Johannen an Bru-
nos Seite! Weiß war ihre Kleidung, engelschön ihr blasses Gesicht, umwölkt ihr
großes Auge! Es glich der Sonne, welche finstere Wolken bedekken, und ihre Strahlen brechen. Wüthend sezte er seinen Sporn
in des Rosses Rippen, jagte nach seiner
Herberge, eilte in sein Gemach, ergrif schnell
den fürchterlichen Stab, zitterte, bebte, und —
warf ihn wieder von sich. Sie nur noch einmal
zu sehen, die Größe seiner Liebe ihr zu schildern,
Abschied von ihr zu nehmen, dies war iezt der
einzige Wunsch, an dem seine Seele sich hing,
an dem sein Herz sich kettete. Er schmükte sich
kostbar und schön, und ging am Abende nach
der Burg. Hochgeehrt wegen seiner Tapferkeit
empfing man ihn mit Anstand und Unterschei-
dung, und bald darauf traf ihn das Loos den
Reihentanz mit der Braut zu beginnen. Johanna zitterte, als er ihre Hand ergrif; sie sah
ihn schmachtend an, und schlug ihr Auge
nieder, um eine Thräne zu verbergen, die

sich

sich nun schneller hervordrängte. Rudolph
sah es, und dieser Anblik durchglühte ihn.
Wolte Gott! sprach er im Tanze zu ihr: ich
wäre der Glükliche! — "Wolte Gott! Wolte
Gott! wiederholte die Leidende, und lag nach
Hülfe, nach Rettung lechzend, halb ohn=
mächtig in seinem Arme. Unglükliches Opfer,
flüsterte er ihr zu: ich rette dich, oder ich
höre auf zu sein! Ein Blik voll Dank, aber
auch ein Blik, welcher die Unmöglichkeit der
Rettung ganz weissagte, war ihre Antwort.
Der Tanz endigte, und Rudolph tobte nach
seiner Herberge. Er suchte emsig den verwor=
fenen Stab, fand ihn, schlug damit sieben=
mal in die Luft, siebenmal auf die Erde,
rufte siebenmal den Namen Belzebub! und
ein Mann gekleidet im herlichsten Goldstof,
geschmükt mit Edelsteinen und Perlen, stand
vor ihm; unter seinem Arm hatte er eine
Pergamentrolle, in der Hand einen Griffel.
Wohlgeruch verbreitete sich durch das Ge=
mach.

Belze=

Belzebub. Was verlangst du?

Rudolph. Was du eher schon wissen kanst, wissen mußt! Rette Johannen, ge= währe mir ieden meiner Wünsche, und ich will dir dafür — (er stotterte, bebte.)

Belzebub. Nun, zögere nur nicht. Und du wilst mir dafür deine Seele zum Eigen= thum verschreiben? Ist es so?

Rudolph. Ja! ich will!

Belzebub. (sich an einen Tisch sezzend) So will ich den Kontrakt entwerfen, bündig und kurz! (schreibt) In wie viel Jahren soll sie mein seyn?

Rudolph. In — in vierzig Jahren!

Belzebub. (sein Pergament zusammen= rollend, schreklich lachend) In vierzig Jahren? Solch einen Termin giebt der elen= deste meiner Teufel nicht, geschweige denn ihr Oberster! Guter Freund, die Waare ist nicht mehr so theuer; man kan sie wohlfeiler haben. Vor tausend Jahren hätte ich dir den Preis zugestanden; aber iezt nicht. Die

Wollust

Wolluſt und der Luxus ſind gute Kunden; ſie verſehen mich hinlänglich. Krieg und Fauſt= recht ſchlept mir auch genug zu, und in Zu= kunft wird es noch beſſer werden. Ehe noch fünf hundert Jahre vergehn, wird man See= len umſonſt haben, und nicht zu kaufen·brau= chen; da werden die Leute keinen Gott mehr glauben, und meinen Teufeln ſelbſt in die Klauen·laufen. (fortgehend) Beſinne dich eines beſſern!

Rudolph. Bleibe, ſprich ſelbſt! Wie lange kanſt du mir Friſt geben?

Belzebub. Was hilft das lange Zögern! Ich war zwar ein Jude,. kan aber das Scha= chern doch nicht leiden! Ich gebe dir zehn Jahre! Keinen Tag minder!· kein drüber! Und gölte es bei dir nicht eben eine Wette, ich würde dir dieſe nicht zugeſtehn.

Rudolph. Schenke mir wenigſtens noch drei — nur noch zwei Jahre dazu!

Belzebub. Damit du ſiehſt, daß auch Belzebub großmüthig ſei. Deine Bitte iſt
                                        erfüllt.

erfült. (sezt sich und schreibt) "In zwölf Jahren, in der nemlichen Stunde! „ —— Punktum! Unterschreib! Gieb mir den Zeigefinger deiner linken Hand! (er rizt ihn auf) Unterschreibe mit deinem Blute! Denn Blut tilgt keine Flamme, löscht kein Feuer aus!

Rudolph. (unterschreibt zitternd)

Belzebub. (die Schrift betrachtend) Sehr unleserlich! Das beste ist, daß hier der Vorsaz mehr, als die Schrift gilt. Du kanst iezt wünschen, was du willst, es wird dir gewährt werden! —— In zwölf Jahren sehen wir uns wieder! Ich werde selbst kommen dich abzuholen! Halte dich indeß wakker; übe dich im Laster, damit ich dich dort brauchen kan. Er verschwand, und hinterließ einen so dampfenden Schwefelgeruch, daß Rudolph das Gemach verlassen mußte. Es ist geschehen! sagte er, als er wieder Besinnungskraft hatte: es ist geschehen, und nicht mehr zu ändern! Ich will also genieſsen, so lang ich genieſsen kan! Mit dieser

und

und ähnlicher Vorstellung suchte er sein Ge=
wissen zu beruhigen, und wegzuwälzen die
zentnerschwere Last von seinem Herzen. Als
er wieder in sein Gemach trat, sah er das
Ränzchen an seinen Lager hängen; er schlug
das Buch links, und Peter stand vor ihm.

Rudolph. Rette Johannen!

Peter. (äußerst freundlich und dienst=
fertig.) In wie viel Zeit? In wie viel Mi=
nuten? In wie viel Sekunden? Und wo soll
ich sie hinführen?

Rudolph. So geschwind als möglich.
Bringe sie indeß zu mir.

Peter verschwand, und stand einige Au=
genblikke darauf wieder vor Rudolphen. Er
trug die ohnmächtige Johanna in seinen Ar=
men, und legte sie auf Rudolphs Lager.
"Labe sie, sprach er: ich will indeß die Nach=
forschenden äffen, und verhindern, daß dich
niemand störe.„ — Nach langen vergeblichen
Versuchen erwachte endlich die Ohnmächtige.

Johanna. Wo bin ich?

Ru=

Rudolph. Im Schuzze desjenigen, der euch zu retten versprach, und nun wirklich rettete.

Johanna (sich empörrichtend, ihn anstarrend.) Wie? Ihr wäret —— ja, ihr seid der Ritter Westerburg! Dank, edler Mann, Dank! Ihr habt meine Seele gerettet! Fest war es bei mir beschlossen, mich eher selbst zu ermorden, als in des wilden Mannes Armen zu liegen! Der harte Vater verwarf mein Flehen; sah meinen Jammer nicht. Ich wurde geopfert, und Tod war der einzige Trost, den ich zu finden vermochte. Vollendet nun eure edle That! Leitet mich nach eurem Lande, bringt nur dort in ein Kloster, damit ich, bestimt zum Leiden, wenigstens in stiller Ruhe, mein Leben verweinen, verbeten kann.

Rudolph versprach es mit dem Munde, aber im Herzen genoß er schon den wollustvollen Sieg über ihre Tugend. Als Johanna ganz ihrer Sinne mächtig war, mehrte sich ihr Kummer, ihre Sorge, daß man sie hier finden, und dem äußerst gehaßten Bruno wieder in die Arme liefern würde; aber Rudolph schwur ihr völlige Sicherheit bei Ehre und Leben zu. Als sie endlich schamvoll bekante, daß es ihr nicht zieme, mit einem fremden Manne in der Mitternachtsstunde allein zu sein; als sie deswegen bangte und zagte, versprach der heuchlerisch bescheidene Rudolph sich zu entfernen, und vor der Thüre Wache zu halten. Schlafet ruhig und sanft, sprach er, ich mache indes Anstalt zur sichern Abreise. Er entfernte sich, und rief Petern.

Rudolph. Wo bist du gewesen?

Peter. Ich habe die Suchenden weidlich geäft. Die ganze Ritterschaft lagt im Felde herum, und sucht mich mit Fakkeln. Immer jagte ich vor ihnen her, sezte über Hekken und Gräben. Zwei der Kühnsten sezten nach, und stürzten sich den Hals ab. Ich hoffe Belzebubs Diener mit ihnen vermehrt zu haben, denn sie sind ziemlich mit Sünden beladen; es

wird

wird ihnen sehr schwer werden durchs Feg-
feuer in Himmel zu wischen. Ich lokte den
Ritter Bruno auch; aber ungeachtet seiner
Verzweiflung war er weise, und ließ den
Sprung bleiben. Zulezt verbarg ich mich in
einen Wald, wo sie mich nun vergebens suchen.

Rudolph. Wirst du mir ferner als Sklave nur, oder auch als Freund dienen?

Peter. Als Sklave, als Freund, Rathgeber, Gehülfe und Genosse? Wandle mich
in alle diese Gestalten um, und du wirst mich
in ieder brauchbar finden. Du hast weise gehandelt! Der unumschränkte Genuß voller
zwölf Jahre ist viel werth. Genieße also,
Freund! genieße und kümre dich nicht um
die Zukunft! — Wie beträgt sich Johanna?

Rudolph. Sie ist voll Danks über ihre
Rettung, aber ——

Peter. Freund! Meide alle Aber, sie sind
wahre Freudenstöhrer. Du hast das größte
Aber: wie wird es dort aussehen? über-

wun-

wunden; haſſe alſo die unbedeutenden Klei=
nen! Sie hindern den freien Genuß!

Rudolph. Und doch muß ich es wieder=
holen: Aber es wird ſchwer werden zu ſie=
gen. Johanna iſt keuſcher als eine Nonne,
ſittſamer als eine Deutſche! Sie ——

Peter. O ſchweig, ich bitte dich, ſchweig!
Hat ſie nicht Begierden? Nicht Sinne? O
Freund, die Sinne des Menſchen ſind wahre
Vielfraße. Beſtändig hungrig, beſtändig
durſtig! Sie verſchlingen alles, was man
ihnen auftiſcht! Die Gnügſamſten, Ein=
fachſten werden freilich nicht gleich zulan=
gen, wenn du ihnen eine ungewohnte, eine
höchſt verbotene Speiſe vorſezzeſt. Aber laß
ſie hungern; laß ſie zuſehen, wie herlich
dir es, wie ſüß es andern ſchmekt; reize ih=
ren Appetit, und ſie werden verſuchen, ko=
ſten und endlich mit deſto ſtärkerer Begier=
de ſich ſättigen, je hungriger ſie geworden
ſind!

Mit

Mit diesen und ähnlichen Gesprächen un=
terhielt Peter seinen Herrn. Es ward be=
schlossen, daß er in einen Diener sich um=
wandeln, und so der beständige Begleiter Ru=
dolphs werden solte. Um sicher und unge=
hindert nach Deutschland, — denn dahin wolte
Rudolph gehen, — reisen zu können, schlug Pe=
ter vor, daß Johanna die Reise, als Mann
gekleidet, mitmachen solte. Sie wird, fügte
er hinzu, in dieser Kleidung freier zu denken,
freier zu leben gewohnt werden; denn oft
weicht weibliche Sittsamkeit mit dem Kleide!
— Um Johannen dies vorzutragen, und als
höchst nöthig begreiflich zu machen, öfnete
Rudolph früh ihr Gemach. Sie lag schlafend
auf seinem Lager. Der durch Kummer, Angst
und Verzweiflung abgemattete Körper hatte
iede andre weibliche Bedenklichkeit und Furcht
überwältiget; kraftlos war sie hingesunken
in die Arme des Schlafs, der sie iezt sanft
wiegte. Um freier athmen zu können, um
wegzuhauchen die Last, die ihre Brust drük=
te,

te, hatte sie gelöst den Halskragen, gelöst
die Spangen ihres Kleides! Entschleiert lag
sie da, und bot ihren unbefleckten Busen Ru=
dolphs gierigen Augen zur Schau. Des war
ein herliches Bild! geschaffen zur Weide für
ein unschuldiges, noch mehr für ein wollü=
stiges Auge. Ihr lokkigtes Haar kräuselte
sich um ihren Schwanenhals, wiegte sich auf
der athmenden Brust, und zitterte an der
Seite ihres klopfenden Herzens. Blendend
weiß, mit sanften Blau durchwebt, hob sich
hier und da der volle Busen über die Lokken
empor, die kaum merkbar nach und nach von
der elastischen Höhe herabsanken, und dem
Auge immer herlichere, immer schönere Aus=
sicht öfneten! Lange genoß Rudolph, ehe er
die Schlafende wekte! Sie fuhr empor, ver=
schleierte sich emsig, und die Röthe der Scham=
haftigkeit färbte ihre Wangen dunkelroth.
Er begann seinen Vortrag, und bedurfte der
Gründe wenige, weil Johanna selbst die Noth=
wendigkeit der Verkleidung einsah. — "Wenn

muß

muß ich bereit sein? fragte sie. — "In einer halben Stunde, sagte Rudolph, bestimte ich die Abreise, die du als unumschränkte Gebieterin. meines ganzes Gefolges und meiner selbst auf zwei, drei Stunden verlängern kanst. Sie versicherte, daß sie nie seine Geduld, noch weniger aber seine Großmuth misbrauchen werde! Und es blieb daher bei der Stunde.

Rudolph eilte nach Hofe „ bedauerte den neuen traurigen Vorfall, welchen er erst iezt gehört zu haben vorgab, und nahm endlich Abschied. Man bedankte sich für sein Beileid, bedauerte ebenfalls seine geschwinde Abreise, und versicherte ihn: daß er nur noch einen halben Tag verzögern dürfe, um die geraubte Johanna mit ihrem gefangenen Räuber im Triumph einziehen zu sehen. — "Die Ritter groß und klein, sagte Prinz Karl, sind dem Kühnen auf der Ferse; wir haben eben iezt Nachricht erhalten, daß sie den Wald, in welchen er mit ihr floh, ganz umringt haben, und nur den Tag erwarten, um ieden Baum, iede Höhle zu durchsuchen. „ — Rudolph

wünschte zu dieser Unternehmung tausend
Glük, und schied.

Als er in die Herberge kam, fand er Johannen schon als Mann gekleidet. Der
schamhafte Blik, mit welchem sie ihn, sich
selbst, und ieden ansah, das linke und doch
liebenswürdige Benehmen in den ungewohnten
Wamse und Schwert, vermehrten ihre Reize.
Sie zog als ein Edelknabe Rudolphen zur Seite aus, und keiner von seinem Gefolge wähnte
ihre Verkleidung, weil sie von Johannens Raub
nichts gehört hatten, und schon ruhig schliefen,
als dieser vorging. Sie erreichten ohne dem
geringsten Aufenthalt und Verdacht Marseille; aber ehe sie es erreichten, hatte Rudolph
schon viel über Johannens Herz, über ihre
Unschuld, über ihre Schamhaftigkeit gewonnen. Sie hörte schon ohne Widerwillen zu,
wenn Rudolph ihr die Größe seiner Liebe in
wollüstigen Farben schilderte; sie schlug ihr
schönes Auge nicht mehr nieder, wenn sein Blik
sich in dem ihrigen sonte; sie litt es sogar geduldig

dig, wenn er im Uibermaß der Begierde sie
mit seinem nervigten Arm umschloß, an sein
hochklopfendes Herz drükte, und ihr einen Kuß
raubte. Sie liebte ihn schon ehe; liebte ihn
dann noch stärker, als sie den garstigen Bruno
mit seiner schönen Gestalt zu vergleichen Gelegenheit fand; und iezt wurde gar heiße Dankbarkeit über ihre Rettung die ärgste Kuplerin
Rudolphs. Immer rief diese, wenn schamhafte
Tugend und Unschuld sie zurükhalten wollen,
ihr zu: Sei dankbar gegen deinen Retter!
er hat dich von namenlosen Leiden, ja vom Tode selbst befreit! Lohne ihm mit Gegenliebe!„

So gewann Rudolph immer mehr und
mehr! Denn Dankbarkeit ist eine schöne
Tugend, aber in den Herzen eines unschul-
digen, unerfahren Mädgens leitet sie oft zum
Laster; ihr Verführer darf nur durch irgend eine große Wohlthat auf Erkentlichkeit gegründe-
ten Anspruch haben, so wird sie ihm bald alles gewähren, Unschuld und Tugend zum
Opfer bringen, weil der listige Betrüger nur in
einem

einen Kuß, in einer Umarmung Belohnung fin=
det; weil er alle andere Geschenke verachtet, und
das dankbare Herz des Mädgens ihrem Wohl=
thäter doch so gerne mit geachteten, mit wer=
then Geschenken zu belohnen wünschte.   In
diesem so fein gewebten Fallstrik fiel schon
manches Mädgen, verlor Unschuld und Ru=
he aus Dankbarkeit.   Liebe Kinder, merkt
euch dieß! Laßt euch Johannens Beispiel zur
Lehre, zur Warnung dienen.   Verachtet den
Mann, der für iede Wohlthat auch nur im
Scherze einen Kuß fordert; er wird bald mehr
fordern.   Er gleicht dem Fischer, der den sorg=
losen Bewohnern des Sees Würmer zur Spei=
se vorwirft; sie haschen zutraulich darnach, und
bleiben an der verborgenen Angel hängen.

Ohne an Euphrosinen zu denken — denn
er lebte und webte lezt nur in Johannen —
ohne sich der namlosen Leiden ihres Herzens
zu erinnern, trabte Rudolph mit seinem Ge=
folge durch die Stadt; der Weg führte ihn bei
dem Kloster vorbei, in welchem sie seiner
harrte.

harrte. Des Zuges Getümmel wekte die Betende aus ihrer Andacht; ihre Fenster gien-
gen nach der Straße, sie riß solche auf, stieß
das Gegitter zurük, und erkante Rudolphen.
Namlose Freude durchströmte ihr Herz, als
er heran zog. Namloses Weh engte ihr
Herz, als er ihres Winkes nicht achtete, ihre Stimme nicht hörte, und wie ein Fremder vorüber zog. Er verläßt mich! sprach
ihr Mund. Er verläßt dich? scholl es in
ihrer Seele, in ihrem Herzen, in der Seele
ihres werdenden Kindes wieder; und sie sank
ohnmächtig zurük. Ein tödtliches Fieber ergriff sie, nagte an ihren schwachen Körper,
sog an ihren wenigen Kräften. Sie starb,
ohne von ihrem Rudolph Abschied nehmen zu
können; sie starb, ehe sie gebohren hatte, ehe
Rudolph Welschlands Küste erreichte.

Als der Zug im Hafen ankam, stand
schon ein Schif bereit, sie aufzunehmen. Es
war mit Bequemlichkeiten aller Art versehen,
hatte aber nur eine einzige, von den übrigen
ab-

abgesonderte Kaiute. Schön und herlich war diese geschmükt, schmuzzig und finster der übrige Theil. Rudolph trat mit Johannen in die erste. Niemand folgte, und Rudolph empfieng hier aus Freude über die beinahe vollendete Rettung den ersten freiwilligen Kuß von Johannen. Als das Schif den Hafen verlassen hatte, und schon auf offenen Meere sich wogte, trat der listige Peter, der in Knechts Gestalt gefolgt war, in die Kaiute.

Peter. Wo befiehlst du, Herr, daß ich dein, wo dieses jungen Herrns Lager bereite?

Rudolph. Ich schlafe hier, und meinem Edelknaben wirst du eine andere Wohnung, die beste, welche vorhanden ist, bereiten.

Peter. Wenn du ihm nicht hier gönst zu übernachten, so wird er unter den Troße, unter den Knechten schlafen müssen; denn so groß dies Schif ist, so hat es doch nur dies abgesonderte Gemach.

Ru=

Rudolph erkante sogleich seines Freundes
List, und unterstüzte sie. Er erbot sich Jo=
hannen dies Gemach allein zu überlassen;
aber Johanna konnte, wolte dies nicht thun.
Der Wettstreit endigte sich endlich damit, daß,
weil kein anders Mittel vorhanden sei, Johan=
nens Lager in der nämlichen Kaiüte bereitet
werden solte. Du hast gesiegt! murmelte Pe=
ter dem entzükten Rudolph zu, und gieng hin=
aus. Schamroth stand Johanna da; ein Un=
schuldsschauer durchbebte ihre Glieder, durchzit=
terte iede Nerve. Ihr werdet doch mein unum=
schränktes Zutrauen nicht misbrauchen? sprach
sie stamlend zu Rudolphen: Ihr werdet doch
nicht die Gastfreiheit zur Kuplerin erniedri=
gen? Rudolph versprach alles, gelobte alles,
und flehte nur um Gegenliebe, um un=
schuldige Beweise derselben. Die erste,
zweite und dritte Nacht verfloß ruhig, und
Johannens Zutrauen mehrte sich, mit diesem
aber auch ihr Gefahr. In der vierten wag=
te Rudolph zu bitten; in der fünften stürm=
te

te er, aber Johanna war standhaft; in der sechsten flehte er wieder, und siegte über die Unschuld des schönsten Mädgens ihres Zeitalters. Johanna fühlte den Verlust derselben tief, und floh ihren Räuber. Nie gewährte sie, die lange Zeit der Uiberfahrt durch, seinem Bitten, seinem Flehen weiter eine Gunstbezeugung; sie schlief nicht mehr in seinem Gemach, aß nicht mehr an seinem Tische, und gesellte sich zu den Knechten, welche sie ehrten. Als die Uiberfahrt geendigt war, und die Reisenden sich ausschiften, trat sie vor Rudolph: du hast mich, sprach sie, unglüklich gemacht; gewiß hier, vielleicht auch dort. Sei wenigstens iezt großmüthig, und laß mich ungehindert ziehen.

Rudolph. Ziehe, wohin dir es beliebt, edle Leidende! antwortete der heuchelnde Rudolph; könte ich vergüten, was ich raubte, ungeschehen machen, was geschah, ich würde mein Leben gern dafür opfern.

Jo=

Johanna (erstaunt.) Wie? du bereust die That? Du fehltest nicht aus Vorsaz?

Rudolph. Nein aus Uibermaß der allgewaltigen Liebe! Diese riß mich hin, diese überwältigte meine Vernunft, die mir nun laut zuruft: Du hast unedel gehandelt! Du hast tief das Mädgen deines Herzens beleidigt! Du darfst nicht um Vergebung flehen; denn du hast keine zu hoffen. Ziehe hin, beleidigter Engel! Ziehe, wohin dich dein Schiksal ruft, und kann Gold meine Frevelthat tilgen, so nimm alles mit dir, was ich besizze.

Johanna hatte aus Liebe gegeben, was Rudolph aus Wollust forderte, und ob sie ihn schon, als ihren Verführer zu hassen bemüht war, so liebte sie ihn doch heftig und stark. Diese Liebe loderte zur hellen Flammen empor, und griff mächtig um sich, als sie hörte, daß er nicht aus heimtükkischem Vorsazze, sondern, wie sie, aus Uibermaß der Liebe gefallen sei. Sie vergab dem liebens-
wür-

würdigen Verräther alles; sie sank schmachten an seinen Busen.   Ich bleibe ewig bei
dir! war alles, was sie sprechen konte.

Wird heftige, innige Liebe durch Hinderniß,
durch Gewissensdrang einige Zeit gehindert
und unterdrükt, so gleicht sie dem Flusse, dessen
schnellen Lauf man durch Dämmen zu hindern
sucht; er schwelt zur furchtbaren Höhe empor, er übersteigt endlich den Damm, un-
tergräbt seine Feste, reißt ihn nieder, stürmt
unaufhaltsam fort, und verheert die ganze
Gegend. So gieng es auch Johannen; sie hatte lange gekämpft, und gerungen; aber kraftlos und nicht mehr zum Kampfe vermögend,
sank sie in die Arme des Geliebten; war ganz
Wonne, ganz Gefühl, vergaß Stand, Tugend und Unschuld, war ganz ihres Rudolphs,
und blieb es bis ans Ende ihrer Tage. Keine von allen hatte Rudolphen so innig, so
zärtlich, so theilnehmend geliebt, und keiner
blieb Rudolph so lange getreu und ergeben,
wie dieser. Er zog in ihren Armen auf seine
Feste.

Feste. Durch Peters Hülfe schafte er bald
diese Einöde in ein Paradies um. Feste,
wie kein Deutscher sie noch sah, wie sie nur der
verschwenderische Lukullus einst geben konte,
wurden oft, fast täglich auf seiner Burg gefeiert. Gäste aller Gattung, Schmarozzer
und Augendiener strömten von allen Seiten
her, hofirten Rudolphen, und schwelgten an
seiner ofnen Tafel ganze Monate lang. Er lebte
und webte wonnevoll in diesem bunten Getwüh-
le, sättigte sich mit Schmeicheleien, fröhnte
nicht mehr so emsig der Wollust, und suchte
dagegen in andern Lastern seine Nahrung. Ehrgeiz, Hoffart und Herschsucht wurden bald
seine Hauptleidenschaften. Diese zu befriedigen war ihm kein Mittel zu grausam. Er
lagte rings umher die edlen Deutschen aus
ihren Festen; nahm sie ein, und machte
die Freien zu Vasallen. Klöster und Städte
flehten demüthig um seinen Schuz, und Fürsten suchten seine Bundsgenossen zu werden.
Er wurde das Schrekken der ganzen Gegend,

Petermännchen II. Th.　G　die

die Tugend floh vor ihm, weil sie nicht
schmeicheln konte; die Wahrheit verstekte sich,
weil sie nicht lügen wolte: die Unschuld ver=
kroch sich in eine Einöde, weil Wollust nur
von ihm beschüzt wurde. Ich würde verge=
bens zu enden suchen, wenn ich alle seine la=
sterhafte Thaten erzählen solte; sie waren oft
blutig, oft höchst grausam. Kein Tag en=
digte sich, an welchem er nicht sagen konte:
Ich habe Uibels gethan in Menge!

Die ganze Gegend fühlte die Last, das
Joch, welches Rudolph über sie unauf=
haltsam warf. Oft suchte man es abzuschüt=
teln; oft beschlossen die wenigen Edlen ihn
mit Krieg überziehen. Da er aber Reichthü=
mer aller Art im Uiberfluß besaß; da er sie
an ieden Schmeichler unmässig verschwendete;
so hatte er Anhänger in Menge, und die
Stimme, der Ruf der Tugend verschalte un=
erhört.

Johanna, die nur ihren Rudolph liebte,
die nur in seiner Umarmung ihr Glük fand,

blikte

blikte oft mit Jammer in die Szenen des
Schrekkens, linderte oft das Elend der Unglüklichen.; legte oft Balſam auf die Wunde
des Geſchlagenen. Aber ſie hatte nicht Muth
genug, ihremGeliebten Vorſtellung darüber zu
machen, und ihn zurükzuhalten vom Irwege.
Ein freundlicher Gruß, eine heiße Umarmung
von ihm löſchte jedenUnwillen in ihr aus, wenn
der ſchwelgendeRudolph oftTagelang abweſend
geweſen, oft mit Blut beflekt nach Hauſe kehrte. Als ſeine Gattin hatte ſie anfangs Rudolph der ganzen Ritterſchaft vorgeſtellt, als
ſolche wurde ſie geehrt von allen. Man
ſchrieb ihrem Hauſe die Größe von Rudolphs
Reichthum zu, und pries ihn glüklich, ſolch
ein Kleinod zu beſizzen. Sie hatte Rudolphen bereits vier Knaben gebohren, ſanft
und ſchön wie ſie, ſehr groß und hoch her-
umblikkend wie der Vater.

Eilf Jahre waren bereits ſeit Rudolphs
Ankunft in Deutſchland verfloſſen. Eilf
Jahre hatte er ſchon durchſchwelgt im un-

G 2   auf-

aufhaltsamen Strom des Genußes aller Art,
als er einst auf die Jagd zog, und Johanna diesen Tag für sich und ihre Kinder lebte. Um Mittagszeit meldete man ihr
die Aebtissin des Klosters St. Bernhards,
welches in Rudolphs Bannfrieden lag, und
seines Schuzzes genoß. Ich komme, sagte
die Aebtissin, dich und deinen Herrn zu uns
zu laden. Wir feiern übermorgen das Fest
unsers Stifters. Drei Novizen legen an diesem Tage ihr Gelübde ab; sie sind Schwestern, und stammen aus dem ältesten ritter-
lichen Geschlechte; sind aber Waisen, und bitten euch an diesem Tage Eltern-Stelle bei ihnen zu vertreten.

Johanna, die wohl wußte, daß
Rudolph an Festen dieser Art nicht Geschmak finde, versprach sicher zu kommen;
auch Rudolphen mitzubringen, wenn er anders bis dahin, woran jedoch sehr zu zweifeln
sei, von der Jagd rükkehre. Die Aebtissin schied
hofnungsvoll, und Rudolph kehrte am andern Tage zurük. Johanne trug ihm der

Aebtiſſin Bitte vor, und Rudolph fand wi=
der Vermuthen an dieſem Feſte Behagen.
Ich werde kommen, ſprach er, und den
Nonnen ein Feſt geben, wovon ſie lebens=
länglich ſprechen ſollen.

Der Tag des Feſtes erſchien, und Ru=
dolph zog, mit aller möglichen Pracht um=
geben, hin zum Tempel Gottes, den ſein
Fuß ſchon lange nicht mehr betreten hatte.
Auch iezt betrat er ihn nicht, um zu beten,
oder um Vergebung zu flehen. Er betrachtete
die Kirche als einen Saal des Feſtes, und
weidete ſich, indeß der Prieſter opferte, an den
Gaffen des Pöbels, der Gott vergaß, und
Rudolphs Glanz anſtarte. Die geiſtlichen Bräu=
te traten nun herbei, gekleidet in der Unſchuld
weißer Farbe, gekrönt mit Kränzen der
Reinigkeit. Muthig und entſchloſſen ſchwu=
ren die erſten beiden, zitternd und bebend die
dritte. Schön waren ſie alle, ſchöner als
ſchön die dritte. Rudolphs ſchlafende Wol=
luſt erwachte. Begierde nach Genuß ſtritt in
ihm, und ſiegte. Dich will ich erlöſen, ſprach

er zu sich selbst: du bist nicht geschaffen,
um Hymnen zu beten; bist geformt, um in
Männer-Armen Liebe zu lassen. Er ging
nicht mit zur Tafel, die seine Freigebigkeit
prachtvoll hatte zubereiten lassen. Er beschenkte nur reichlich seine geistlichen Kinder,
drükte der jüngsten die Hand, und jagte
allein fort, nach einer Feste, die er sich im
Walde erbaut hatte. Durch des Buches
Hülfe rief er Petern, welcher nicht mit in
den Tempel gezogen war.

Rudolph. Wo bist du gewesen?

Peter. In des Kaliphen von Judien
Schazkammer; ich holte dort Gold und Edel-
steine für dich, um sie auf jeden Fall bereit
zu halten; denn deine Verschwendung hat
die deutsche Erde von innen und außen schon
so geleert, daß ich mir hier nicht hundert
Goldstükke mehr aufzubringen getraue.

Rudolph. Bewahr es bis zum Gebrauch!
Jezt giebt es andere Geschäfte. Die jüngste
der Nonnen, welche heute in St. Bernhards
Kloster

Kloster ihr Gelübde ablegten, hat mir gefallen; ich will sie zur Lügnerin, und mit Empfindungen schönerer Art bekant machen. Wenn sie heute Nachts ihr Lager besteigt, so führe sie zu mir. Ich werde hier deiner und ihrer harren.

Peter. Herr, das bin ich nicht vermögend. Ich kan keine geweihte Schwelle betreten; darf mich keinem Kloster, keiner Kirche nahen: Diese Oerter sind für Geister unsrer Art auf immer verschlossen.

Rudolph. Kanst du es nicht, so wird es dein Obrister vermögen.

Peter. Auch er kan es nicht. Fordere alles, nur dies nicht!

Rudolph. Ich fordere es; und bestehe auf pünktlicher Erfüllung!

Peter. Die weder ich, noch Belzebub selbst, dir zu gewähren vermag.

Rudolph. Wohl; so ist auch vernichtet der Kontrakt, den ich mit ihm schloß! Du kanst wünschen, was du wilst, es wird dir gewährt werden,

werden, so sprach er, und so fordere ich es auch.

Peter. Hat er es versprochen, so wird er es auch zu halten wissen. Ruffe ihn, er mag sich selbst verantworten.

Rudolph. Das will ich. Entweder Zurükgabe meines Kontrakts, oder Erfüllung meines Wunsches! Dies ist die feste Bedingung, an die ich mich streng halte.

Auf Rudolps Ruf mit dem Stabe erschien Belzebub. Er war feuerfarb gekleidet, hinkte herbei, und hielt eine Pergamentrolle unter seinem Arm.

Belzebub. Wie geht es dir, Rudolph? Du bist mismuthig. Bist du des Genusses satt? Wilst du vielleicht früher enden?

Rudolph. Mit nichten! Ich will nur mit dir rechten!

Belzebub. So rechte denn!

Rudolph. Versprachst du mir nicht jede Erfüllung meiner Wünsche?

Belzebub. Ich versprach es!

Ru-

Rudolph. So halte auch dein Versprechen, und liefere die Nonne in meine Arme,
nach der mein Herz verlangt!

Belzebub. Dies kan, dies darf ich nicht.

Rudolph. So gieb mir meinen Kontrakt
zurük!

Belzebub. Eben so wenig. Lies und ver-
stumme! (er rollt das Pergament auf, le-
send) "Ausgenommen die Verletzung einer
Kirche, eines Klosters, und jedes geweihten
Ortes!„ Nun? bestehst du noch auf deiner Forderung?

Rudolph. Du hast mich überlistet! Bei
der Unterschrift des Kontrakts wurde der
Ausnahme nicht erwähnt.

Belzebub. Aber aufgesezt, und unter-
schrieben wurde sie doch; daß du den Kontrakt nicht untersuchtest, nicht durchlasest,
war deine Schuld. Sei indeß ruhig! Was
der Teufel nicht vermag, kan oft der Mensch
ausführen! An guten Rath soll es dir nicht
mangeln. Die ganze Hölle wird jubeln,

wenn

wenn es dir gelingt, ein solch geweihtes
Schäfchen zu entführen, und der Versuchung
der Welt Preiß zu geben. Genuß ohne Mühe ist schmaklos! Hunger würzet die Speisen, und Kampf den Sieg! Sei muthig, sei
thätig! Untersuche deines Freundes Ränzchen, vielleicht findest du dort Hülfsmittel!
Viel Glük zur Untersuchung! Gelingt sie dir,
so will ich dir dort dafür lohnen.

Belzebub verschwand, und Rudolph untersuchte Peters Ränzchen, das er stets bei
sich führte. Er fand nebst dem Buche, noch
einen Schlüssel und eine Strikleiter darinnen.

Rudolph. (zu Petern) Kan ich dies zu
meinen Vorhaben brauchen?

Peter. Du kanst! Dieser Schlüssel spert
iedes Schloß, und diese Strikleiter reicht von
iedem Fenster, es sei auch noch so hoch, bis
zum Boden.

Rudolph. Keine üblen Geräthschaften
zur Entführung einer Nonne! Ich will einmal
versuchen, was ich vermag. Dein Obrister
hat

hat recht: Hunger würzet die Speise, Kampf den Sieg! Morgen mit dem frühesten will ich ins Kloster; will forschen nach der Nonne Wohnung, und dann meinen Raub beginnen.

Am andern Morgen zog Rudolph wirklich nach dem Kloster. Er besuchte die Aebtissin und versprach auch fernerhin ihr Wohlthäter zu sein. Hochgeehrt durch diesen Besuch, bot sie alle Kunst auf, um ihren Gast wohl zu bewirthen. Bei der Mittagstafel erschalte im verschlossenen Nebengemach Musik. Weibliche Stimmen sangen darin, und seelenrührend, herzanfesselnd war vorzüglich der Gesang einer einzelnen Stimme, die eine Harfe begleitete. Rudolph war ganz Ohr, ganz Gefühl! Wer singt so herrlich? Wer ist vermögend, so schmelzende Töne hervorzubringen? Ist es ein Engel oder ein Mensch? fragte der entzükte Rudolph.

Aebtissin. Es ist eines eurer geistlichen Kinder, die eure Großmuth so reichlich beschenkte. Es ist das jüngste unter ihnen,

begabt

begabt mit allen Eigenschaften, um einen Mann in der Welt zu beglükken! From und gottesfürchtig erzogen, weihte sie aber ihre Kunst dem Himmel!

Rudolph. (ganz hingeriffen) Kann ich den Engel nicht sehen? Ihr nicht mündlich danken? Sie nicht belohnen für die selige Stunde, die sie mir machte?

Aebtiffin. Gern wolte ich euer so ebles Verlangen erfüllen; aber die strenge Regel unsers Ordens verbeut es! Ist das Gelübde vollendet, so darf keine meiner Schwestern eines Fremden Angesicht mehr sehen!

Rudolph. Bin ich nicht ihr Vater?

Aebtiffin. Wäret ihr es auch leiblicher Weise, so muß ich doch, nach dem Willen unsers Stifters, sie auf immer vor euren Blikken verbergen. Sie hat abgeschworen Vater und Mutter, und muß nur an ihrem Bräutigam hangen. Selbst ich solte euch nicht sehen; aber die Pflichten meines Amts dispensiren mich zum Wohl des Klosters, und

erlau=

erlauben mir in wichtigen Fällen, Fremde zu sehen, Fremde zu besuchen.

Rudolph. Zu streng! Zu gewissenhaft! So ist es mir auch nicht erlaubt, ihnen als Vater dann und wann ein Andenken zu senden?

Aebtissin. Gold und Kostbarkeiten müssen sie verschmähen. Geistliche Bilder und Werke, die zur mehrern Andacht entflammen, können sie mit Danke annehmen.

Rudolph. Wo wohnen meine Kinder?

Aebtissin. Im zweiten Stokwerk des Konvents, neben einander in den Zellen mit 7, 8, und 9 bezeichnet.

Rudolph. Und die schöne Sängerin?

Aebtissin. In Nummer Neune!

Rudolph wußte nun, was er zu wissen verlangt hatte, was seiner Reise Endzwek war. Er vergalt der Aebtissin ihr Mahl reichlich, und entfernte sich, so geschwind als es der Wohlstand erlaubte. Bald soll sie mein sein, die Wonnegeberin, die Engelsängerin,

gerin! dachte er unterwegens; ich will sie
mit süsseren Gefühlen bekant machen, und
in ihren Armen einmal wieder ganz der Liebe
Glük fühlen. Lange schon fröhnte ich ihr
nicht; lange schon kostete ich nicht fremden
Busen; lag immer an Johannens Seite,
treu wie ein Ehemann. Flatternd wie die
Biene, will ich iezt von Blume zu Blume
eilen, und noch einschlürfen ihren süssen Trank,
so lange die Frist dauert! Bald wird sie ge-
endet sein; daß ich sie froh ende, sanft hinüber gleite, sei iezt mein Ziel. Mit diesen
und ähnlichen Gedanken verließ er sie wieder;
als es dämmerte, und die Nacht iede böse
That mit ihren schattigten Flügeln zu dekken
begann. In der Mitternachtsstunde nahte er
sich, den Schlüssel in der Hand, dem Kloster. Peter hielt ohnfern davon die Rosse:
Die ganze Natur schien zu schlafen, und nur er
zu wachen. Rings um ihn herschte sanfte
Ruhe und tiefe Stille! Sehend und doch
zitternd öfnete er iezt eine der Hinterpforten
des

des Klosters; die Riegel wichen, und er trat
ein in das Heiligthum, das er entweihen
wolte. Sorgsam suchte er die Treppe; sorgsam gab er Acht, daß er nicht fehle. Als
er zwei Treppen zurükgelegt hatte, und nun im
Stokwerk zu sein glaubte, schlich er leise den
langen Gang hinunter. Leise zischte das Echo
iedem seiner Tritte nach. Mit einer kleinen
Blendlaterne leuchtete er nach ieder Thüre,
und die Nummer Neune stand bald vor
seinem forschenden Blikke. Kein Schloß verwahrte die Zelle; sicher vor ieden Uiberfall
glaubte die Nonne hier auszuruhen von
Chorgesang und Kasteiung! —— Schnell
öfnete er nun die Thüre, sah beim düstern
Schein einer eben verlöschen wollenden Lampe
eine betende Gestalt im Hintergrunde knien.
Noch schneller umfaßte er sie mit seinem nervigten Arm, verhüllte ihren Mund mit einem
Tuche, und trug sie ungehindert fort. Bald
erreichte er mit der ohnmächtigen Nonne Peters
und die Rosse; sie schwungen sich darauf, und

iagten

lagten mit der Beute fort, die bald ohn=
mächtig in seinen Armen lag, bald wieder zu
athmen und zu leben anfing. Ehe sie noch die
Waldfeste erreichten, fing der Tag zu grauen
an; die ersten Strahlen der Sonne vergül=
deten schon die Berge. Im Walde wollen
wir rasten! sprach Rudolph, und hob, als
sie denselben erreichten, seine Beute vom Rosse.
Sie war eben wieder hingesunken im Schlum=
mer des Todes, aus welchen sie die Reise
hindurch nur dann und wann erwachte.
Sanft legte sie Rudolph in das hohe Gras,
und Peter eilte nach frischen Wasser, um die
Ohnmächtige zu laben. Der schwarze Schleier,
welcher ihr Haupt zierte, hatte sich halb ge=
lößt, bedekte aber noch immer ihr Angesicht. Als
Peter mit dem Wasser erschien, hob Rudolph
den Schleier langsam in die Höhe. Blik
her, sprach er zu Petern: blik in dies En=
gelgesicht, und urtheile selbst: Ob solch ein
Mädchen des Raubes nicht werth sei?

Beide mühten sich nun emsig der Schönheit

Grö=

zu schauen. Ganz enthüllt lag das Ange=
sicht der Nonne lezt vor beiden da; aber
Rudolphs Erstaunen, Peters Verwunderung
fand keine Worte. Sprachlos sahen beide
bald sich, bald die im Grase liegende Nonne
an. Sie hoften das höchste Ideal der
Schönheit zu sehen, und sahen das schrekliche
Bild des äusersten Jammers und Elends.
Bleiche, gelbe Haut und hochemporstehende
Knochen formten hier ein Gesicht, das dem
Tode ganz ähnlich war; die geschlossenen,
in einer tiefen Höhle liegenden Augen vollen=
deten dieses Bild, und Peter, welcher am er=
sten seiner Sprache mächtig wurde, meinte,
sein Herr müsse sich verirrt, und aus der
Todtengruft eine schon längst Entschlafene
geraubt haben. Hier geht Betrug, hier geht
Zauberei vor! dies war alles, was Rudolph
sprechen konte. Umsonst rieb er sein Auge,
umsonst blikte er wieder hin; immer lag die
Todesgestalt vor ihm; immer enthüllte sich
mehr und mehr ihre Häßlichkeit. Als sich

Petermänchen II. Theil.　H　　　sein

sein Erstaunen dadurch noch vergrößerte, als
er vergebens nach Enträthselung rang, fing
die Todesgestalt sich zu regen an. Sie öf=
nete ihr mattes gebrochenes Auge, und star=
te auf Rudolphen hin. Bist du es? Bist
du es wirklich? sprach sie mit heischerer
Stimme: hob sich mühsam in die Höhe, und
reichte Rudolphen ihre Knochenhand, deren
Finger, von der Fieberkälte bewegt, in einan=
der klapperten.

Rudolph. (mit äußerster Verwunde=
rung) Kenst du mich denn?

Nonne. Ob ich dich kenne? (mit äußer=
ster Anstrengung) Ob ich den kenne, dessen
Bild unaufhörlich vor meinen Augen schweb=
te, mich ins Chor begleitete, selbst am Altare
noch zur Seite stand!

Rudolph. Wie ist dein Name? Wie
nenst du dich?

Nonne. So soltest du wirklich mich nicht
kennen? —— Wirklich nicht aus Erbarmen?
(zurüksinkend) O dies wäre schreklich! Kenst
du Klaren nicht mehr?   Ru=

Rudolph. Du Klara? (zurükſchauernd) Ohnmöglich! Ohnmöglich!

Klara. Ja ich bin es! Bin noch immer deine Klara! Auch in dieſem Kleide ſchlägt mein mattes Herz noch für dich! O wenn du wüßteſt —— Wäre ich vermögend dir meinen Jammer, mein Leiden, die ſtets nagende Sehnſucht nach dir, zu ſchildern, du würdeſt Mitleid fühlen, würdeſt mir das ſehnlich gewünſchte Glük gönnen, in deinen Armen zu ſterben!

Rudolph. Wie entkamſt du aus dem Thurme? Wie gelangteſt in das Kloſter?

Klara. (auf ihre Bruſt deutend) Freude —— dich am Ende meiner Tage —— noch wieder zu ſehen —— heint meine Sprache! O ich fühl es! —— ich fühl es! —— meine Todesſtunde naht! —— (ſich krämpfend und windend) Ich kan nicht vollenden! —— (alle Kräfte ſamlend) Zwei Jahre harte ich im Thurme! Betete für dich und mich! Bereute tauſendmal mein Verbrechen,

brechen, und erneuerte es tausendmal wieder, weil ich dein Bild nicht zu vergessen vermochte; mehr an dir, als an dem Ewigen hing. —— Als ich einst sehnlich mich dem Herrn zu opfern wünschte, mich, würde ich wieder frei, in einem Kloster ewig ihm zu weihen beschloß, öfnete sich des Thurms Thüre. Unbekante Wächter brachten mich nach dem Kloster, aus welchen du mich raubtest. Ich ward willig aufgenommen; schwur alda ewig keusch zu leben; hielt es in Werken und Worten —— aber nicht in Gedanken! Mein Herz hing noch immer an dir! An dem Einzigen! —— Abzehrung und Schwindsucht nagte an meinem Körper! —— Ich ward zum Gerippe! —— Ich flehte inbrünstig um Erbarmung! —— Sie ist mir geworden! —— Ich scheide getrost — da mein Auge dich wiedersah! — O möge mein Bild — das Bild der Gefolterten — nie vor deinen Augen verschwinden! Möge es immer dich erinnern an des

Todes

Todes Macht! — Mögest du auch bereuen,
was du hienieden verbrachst, — damit wir
uns einst — einst wieder sehen! — (sich auf-
raffend) Reiche mir deine Hand! (er gab
ihr solche) Lebe wohl! Gedenke an das
Ende! (sie sank zurük) Versöhne dich mit
Gott! Beerdige meinen Körper! Und erin-
nere dich stets meiner lezten Stunde! —

Todesangst ergrif sie nun; sie wolte noch
oft sprechen, vermochte es nicht, und ver-
schied endlich, nach ihres Herzens Wunsch
und Ziel, in Rudolphs Armen! Er stand
geängstiget und tief erschüttert da! Sein
Blik ruhte auf den erbleichten Körper! — "O
hätte ich vollendet wie du! war alles, was
er denken und sprechen konte. Peter wekte
ihn aus seinem melancholischen Schlummer.
Herr, sprach er: laß ruhen die Todten, und
ergözze dich an den Lebendigen! Kom, laß
uns weiter ziehn! Morgen ist wieder ein
Tag, dem eine Nacht folgt. In dieser wollen wir die schöne Nonne holen, und der
Todten dabei bald vergessen! Ver-

"Vergeſſen werde ich ſie nie! ſprach Rudolph, ſchwang ſich auf ſein Pferd, iagte
nach ſeiner Feſte, und vergaß, durch Peters
Hülfe, noch am nemlichen Tage, daß Klara
geſtorben ſei, und ihn, ſie beerdigen zu laſſen, gebeten habe. Einige Bauern fanden
die Entſeelte, und meldeten es im Kloſter.
Sie ward in der Stille abgeholt, und eben
ſo ſtill beerdigt, weil ihre Mitſchweſtern öf-
ters Zeichen des Irwahns an ihr bemerkt
hatten, und man folglich ſchloß: daß ſie in
einem ſtärkern Aufalle deſſelben durch eine
offene Pforte entflohen ſei, und ihr Leben im
Walde, ohne Prieſters Beiſtand, ohne Genuß der Sakramente geendigt habe.

An eben den Tage, an welchen
man die ausgelitne Klara zur Gruft trug,
erſchien Rudolph, begleitet von Petern,
wieder vor dem Kloſter. Sie unterſuchten
gemeinſchaftlich, wie es möglich geweſen,
daß Rudolph, der doch gewiß war, daß
er aus dem zweiten Stokwerk die Nonne

entführt

entführt habe, so schreklich sei betrogen wor=
den. Sie wolten ergründen: ob die wacht=
same Aebtissin sie geäft habe, oder ob die
natürliche Lage des Klosters daran Schuld
sei. Sie überzeugten sich vom leztern, und
sahen deutlich: daß das Kloster, welches an
dem Abhange eines Berges lag, von der
untern Seite drei, von der Hauptseite nur
zwei Stokwerke hoch sei. Rudolph, der von
der untern Seite in das Kloster schlich, hat=
te also eigentlich das erste Stokwerk nur er=
reicht, als er schon im zweiten zu sein glaub=
te. Daher entstand der Irthum, welcher
Rudolphs Unternehmen bald ganz vereitelt
hätte, wäre er nicht schon so tief in Lastern
versunken gewesen. Der Sterbenden Blik
und Bitte war aber seinem Gedächtnisse schon
entschwunden. Die Begierde nach Genuß
erwachte stärker, und er beschloß, in der
kommenden Nacht einen neuen, einen besser
überlegten Versuch zu wagen.

Als

Als die Nonnen im Chor sich müde gesungen, als nach und nach ihre Lampen verlöschten, tiefe Ruhe das Kloster überschattete, öfnete Rudolph die Pforte von der obern Seite. Er stieg zwei Treppen in die Höhe, nahte sich der neunten Zelle, riß sie auf, und fand, was er suchte. Die engelschöne Marie saß bei dem Scheine einer kleinen Blendlaterne an ihrem Tische und schrieb. Erschrokken fuhr sie über das Geräusch in die Höhe, und sah Rudolphen vor sich stehen. Sie wankte zurük, und faßte mit der linken Hand des Tische Ekke. Sie wolte reden, aber auf ihren Lippen verzitterten die Worte in unverstehbaren Tönen. Rudolphen schlug der almächtige Blik der Schönheit zu Boden; auch er stand unentschlossen da, und wußte nicht: ob er sich an diesen herlichen Anblik laben, oder rasch zugreifen solte. Mariens Geistes Gegenwart erwachte zuerst.

Marie. Was wilst du? Wie komst du zu dieser Stunde in meine Zelle?

Rudolph (antwortete nicht.) Ma=

Marie. Sendet dich Ritter Jvan?

Rudolph. (den Irthum fassend, und sogleich benuzzend) Er sendet mich!

Marie. Bist du sein Vertrauter?

Rudolph. Sein inniger Freund!

Marie. Solst du vielleicht meinen Jammer enden, mich retten aus dem Kerker?

Rudolph. Ich soll! Die Rosse stehen bereit! Folge mir!

Marie. Und warum komt er nicht selbst? Er versprach es in seinen lezten Brief doch so sicher!

Rudolph. Weil — Weil —

Marie. O sprich es nur aus dies fürchterliche Weil! Weil tödtlicher Jammer ihn auf das Krankenlager warf; weil Schmerz über meinen Verlust ihn zu Boden riß! Umsonst schrieb er neulich nicht: Ich rette dich gewiß; und vermag ich es nicht mehr, so sende ich dir wenigstens einen Freund, daß er dich an mein Todtenbette führe. Sprich, ist seine Weissagung eingetroffen?

Ru-

Rudolph. Nicht ganz, nicht völlig, wie du es wähnst. Schwach und matt, hart er zwar in meiner Feste deiner; aber deine Gegenwart wird ihn bald zum neuen Leben wekken. Entziehe sie ihm nicht länger; kom, ich will dich sicher zu ihm geleiten! Kenst du mich nicht mehr?

Marie. Immer wird es mir deutlicher, daß ich dich ehe schon sah; daß du in meiner größten Noth tröstend vor mir standest! Bist du nicht der reiche, der mächtige Rudolph von Westerburg?

Rudolph. Ich bin es.

Marie. Und du hättest dich unser erbarmet? Du kämst selbst? —

Rudolph. Um mein unglükliches Kind zu retten! Ich fand deinen Freund heute früh im Forste herumirren. Ich führte ihn in meine Feste, und labte ihn; seine Seele ward bald ofner; er entdekte mir sein Vorhaben, und da er zu schwach ist, es selbst auszuführen, unternahm ich es an seiner statt.

Ich

Ich habe mein Versprechen redlich erfüllt, erfülle nun auch das deinige, und folge mir.

Die ganz beruhigte Marie küßte nun dankbar seine Hand, litt es geduldig, daß er Vaterküsse auf ihre Stirne und Wangen drükte. Ich bin bereit, sprach sie endlich, ich folge dir willig. Meine Schwestern werden zwar jammern, und der Entflohenen fluchen, aber ich kann dieses strenge Gelübde nicht erfüllen! Mein Herz hängt an dem Einzigen, und verdrängt jeden andächtigen Gedanken.„

Leise schlichen sie jezt Arm in Arm fort nach der Klosterpforte, die Rudolph zu seinem größten Erstaunen verschlossen fand. Umsonst suchte er den Schlüssel in seinem Ränzchen; er hatte ihn, als er die Thüre von aussen öfnete, abzuziehen vergessen, und diese hatte nun der Wind, oder wie Marie meinte, der Wächter zugeschlagen. Lange standen sie unentschlossen an der Pforte, und versuchten vergebens sie zu öfnen; als aber das erste Zeichen zur Metten mit der Glokke gegeben wurde,

wurde, drang Marie in Rudolphen, daß er
ihr folgen solle. Sie führte ihn wieder in
die Zelle zurük, und wolte ihn unter ihrem
Lager verbergen. Ehe er sich hinunter zu
kriechen bequemte, zog er sein Buch hervor,
schlug es links auf, aber Peter erschien nicht!
Wie er es trostlos wieder einstekte, verwikel=
te sich von Ungefähr seine Hand in die Strik=
leiter, er zog sie heraus, und Mariens Ge=
sicht erheiterte sich schnell. — "Da haben wir
ia, was wir bedürfen! rief sie, und half
sie selbst am Fenster befestigen. Rudolph stieg
zuerst hinab, Marie folgte, seine Arme em=
pfingen sie, und schnell fliehend trug er sie
nach den Rossen. Sein erstes Geschäft war
Petern von Mariens Irthum zu unterrich=
ten, und dieser beantwortete die Fragen der
ungeduldigen Marie so treffend, daß sie an
den baldigen frohen Wiedersehen ihres Gelieb=
ten gar nicht mehr zweifelte, sich in seiner
Umarmung schon selig dünkte. Ist diese Fe=
ste das Ziel unserer Reise, fragte sie freudig

Ru=

Rudolphen als sie die Zinnen derselben über die hohen Tannen hervorragen sah. Sie ist es, antwortete dieser! O führe mich nur geschwind zu ihm! Labe dich an unsern Entzükken, und nimm es statt Dank für deine große Wohlthat! so fuhr sie im Schwazzen fort, bis sie endlich an den Stuffen derselben ankamen, und ins Gemach hinauf stiegen. Wo ist er! Wo finde ich ihn? War die einzige, und immer wiederholte Frage Mariens!

Rudolph. Ich will sehen, was er macht, wie es ihm geht! Ich will ihn vorbereiten auf deine Erscheinung. Eine plözliche Uiberraschung würde tödtlich für ihn sein: (er gieng und kehrte nach einer Weile zurük) Du kanst, du darfst ihn lezt noch nicht sehen, denn er schläft sanft. Nach der Wächter Aussage ergriff ihn nach meiner Abreise ein heftiges Fieber; sein Verstand sprach sogar irre. Vor kurzem hat es ihn erst verlassen, du siehst also wohl selbst ein, daß er fernerer Ruhe höchst nöthig bedarf.

Marie. O laß mich ihn wenigstens schlafend sehen! Meine heiße Sehnsucht nach seiner Umarmung soll ihn nicht wekken; ich will stumm an seiner Seite sizzen, und seine Hizze durch leises Fächeln kühlen!

Rudolph. Dann würde sein Erwachen Tod für ihn sein! Harre geduldig, meine Marie, erzähle mir indeß lieber: Wie ihr einander saht, wie ihr euch kennen lerntet! Wie es kam, daß du so innig ihn liebtest, so eng dich an ihm kettetest? Dein Geliebter war nicht vermögend meine Neubegierde zu befriedigen, lohne du mir mit der Befriedigung derselben für meine Mühe!

Marie. Gern und willig! Wenn ich es nur vermögend bin, dir die Szene unserer Leiden zu schildern, iezt, da alles an mir iubelt, da alles zur Freude mich wekt. Du mußt verlieb nehmen mit dem Wenigen, was ich in der Eile in meinem Gedächtniße zusamraffe. Sein Vater war Ritter Schellbeim, mein Vater hieß Ritter von Hellbron,

sie besaßen durch Erbtheil gemeinschaftlich die
Feste Lauterburg an den Ufern des Rheins.
Wie wir noch Kinder waren, und in froher
Unschuld mit einander spielten, zogen unsre
Väter nach Palästina, um dort für Christen-
theil zu streiten. Als wir schon erwachsen
waren, schon Liebe, innige Liebe gegen einander fühlten —— wie diese begann, weiß
ich selbst nicht zu sagen —— da langten Bo-
then aus Palästina von unsern Vätern an.
Beide forderten Geld zur Unterstützung des
Kriegs. Willig verpfändeten unsere Mütter
die Feste an die Aebtissin; willig ließen wir
es zur Gottes Ehre geschehen; aber äußerst
erschrak ich, äußerst erschrak Ivan, mein
Geliebter, als wir hörten: Des Vaters Wille sei, daß er das Geld überbringen, und auch
sein Glük gegen die Sarazenen versuchen solte. Schreklich war unsere Trennung! Aeu-
ßerst traurig der Abschied! Mit ihm wich
Freude und Vergnügen aus meinem jugend-
lichen Herzen. Unsre Mütter zogen bald

darauf

darauf ins Kloster, und wir mit ihnen. Zwei
Jahre darnach erscholl ringsumber die Nachricht , unsre Väter, er, der Allgeliebte, und
noch tausende der edlen Deutschen wären von
der wüthendem Pest hingeraft worden. Meine Mutter tödtete diese Nachricht; mich rettete
nur mein jugendliches Alter aus einer ebenfalls tödtlichen Krankheit! Wir waren nun
Waisen, ohne Hülfe, ohne Vermögen! Die
Aebtissin trug uns den Schleier an; meine
Schwestern ergriffen ihn mit Freuden, und
ich nahm ihn auch willig an, da er —— und
mit ihm alle Freude meines Lebens todt war:
Wir legten, wie du selbst weißt, endlich das
unauflösliche Gelübde ab. Den zweiten Tag
darauf beteten wir im Chore; ich blikte
durchs Gitter hinab , und sah seine Gestalt
vor mir knien; ich sah noch einmal hinab,
und sank ohnmächtig zurük. In der Nacht
lammerte etwas vor meinem Fenster. Ich
öfnete es , und sah ihn wieder vor mir
stehen. Leise rief er mir zu , daß er einen
Brief

Brief an mich habe. Ich zog ihn an einen herabgelassenen Faden in die Höhe, und beschied ihn auf die andere Nacht. Er sei wiedergekehrt, schrieb er mir, um mich zu ehelichen. Er sei muthig gestanden im Getümmel der Schlacht, habe überwunden die Plagen der Pest, und müsse nun in Elend verzweifeln, da ich für ihn verloren wäre! Erbarme dich deines Ivans, schrieb er am Ende, entfliehe dem Kerker! Wir wollen in ein fremdes Land, in eine Einöde, wo niemand uns kent, ziehen, und dort glüklich leben. „ — "Ich will! Ich will dir folgen', war meine Antwort, denn ich habe nur Gottes Eigenthum zu sein geschworen, wenn du nicht lebst, wenn du todt bist. Die übrigen Tage verflossen in Plänen, die wir zu unserer Flucht entwarfen, die vielleicht noch lange entfernt geblieben, vielleicht nie ausgeführt worden wären, wenn du dich unser nicht erbarmet hättest! —— Aber nun hat er lange genug geschlafen. Laß uns ihn wekken! Glaube mir; die Freude wird ihn mehr stärken, als der Schlaf!

Rudolph. Noch nicht, meine Marie, noch nicht! — Was würdest du wohl sagen, wenn dein Ivan nicht hier wäre, wenn ——

Marie. Wie? Er nicht hier? Vielleicht todt! O ich ——

Rudolph. Laß mich enden! Wie? Wenn ich mich dieses glüklichen Irthums blos bedient hätte, um dich ungehindert aus dem Kloster zu entführen? Wenn ich von deinen Reizen, von deiner Sicherheit hingerissen, diesenSchritt gewagt hätte? Wenn ich dir mein ganzes Herz zum Opfer reichte, dir alle meine Schäzze und Reichthümer zu Füssen legte! ——

Marie. Unmöglich! Unmöglich?

Rudolph. Wenn es denn aber so wäre?

Marie. Dann müßte ich dich verab= scheuen! dann müßte ich dir fluchen! Dann hättest du auf einmal alle meine Hofnung ver= nichtet, dann —— O es kann nicht so sein!

Ru=

Rudolph. Und doch ist es wirklich so!
Sei nachgebend, sei billig, meine Marie!
Vergiß in den Armen deines dich innig liebenden Rudolphs den winselnden Ivan!
denke ihn noch immer todt, und lebe bei mir
vergnügt! Glaube, daß er nie, wie du selbst
sagtest, dich zu retten vermögend war. Ich
habe dich gerettet, ich habe deine Fesseln gelöst! Sei dankbar, lohne mir dafür mit Gegenliebe!

Marie. Gott stehe ihm — Gott stehe mir
bei, wenn du wahr sprichst! Ach! Ach! Ach
erbarme dich meiner! Schenke mich ihm wieder! Du verschwendest deine Redekunst vergebens. Ich kann nur ihn — nur ihn lieben!

Rudolph. Gieb immer deinen Schmerzen Worte, er verraucht desto eher. Wenn
du meine ächte, meine innige Liebe besser
wirst kennen lernen, so ——

Marie. O schweig, ich bitte dich, schweig
davon! Sprich! O Gott in Himmel, ich

kann

kann es nicht glauben! Sprich! Ist es wirk=
lich so? Hast du wirklich meine Hofnung so
grausam getäuscht? Ist er nicht hier? Sand=
te er dich nicht zu meiner Rettung?

Rudolph. Ich kenne deinen Ritter nicht,
ich habe ihn nie gesehen. Mein Herz beschloß
dich zu retten, als ich dein Engelgesicht in
der Kirche sah; dein göttlicher Gesang in der
Abtei vollendete den Sieg. Glaube, traue
mir! Ich liebe dich eben so innig, eben so
heiß, wie dein Ritter!

Marie. O so dulde dann, jammre von
neuen, arme Marie! Du hast dich an Gott
versündiget, er lohnt dir es schreklich! (auf
Rudolphen zu eilend, ihre Arme um ihn
schlingend) Vater, mein Vater! Du warst
es ja vor kurzem in Gottes Gegenwart. Er=
barme dich deines leidendes Kindes! Höre
sein Jammern! Ich liege zu deinen Füssen!
(sie wirft sich vor ihm nieder) Ich weiche
nicht, ich lasse nicht ab mit Flehen. Gieb
mir ihn wieder!

Ru=

Rudolph (sie aufhebend.) O komm in meine Arme, schöne Marie. Es ist Seligkeit in den Deinigen zu liegen!

Marie (ihn von sich stossend.) Du kaust noch höhnen, noch spotten bei dieser Jammerszene? Satan! Dein Herz ist Felsen! Meine Worte werden es nie erweichen! Ich bin verloren!

Rudolph. Der Zorn vermehrt deine Reize; aber die Zeit wird beides mindern. Besinne dich eines bessern! Ich überlasse dich der Einsamkeit, sie macht zur Uiberlegung fähig.

Rudolph gieng, und rief Petern zu sich.

Rudolph. Weißt du schon alles?

Peter. Ich weiß es!

Rudolph. Was soll ich nun beginnen?

Peter. Nicht verzagen, und jede Gelegenheit benützzen.

Rudolph. Sei einmal mein Freund, und rathe mir!

Peter. Des Mädgens Herz hängt ganz an ihrem Geliebten, dies ist die einzige schwache

che Seite, wo du du ihr beikommen kanst.
Laß sie wählen zwischen seinem unvermeidli-
chen Tod, und Ergebung in deinen Willen!
Ich wette, sie wird dies leztere wählen, und
sich groß dünken, daß sie die Erretterin ihres Algeliebten war.

Rudolph. Wollen es versuchen, ob deine Weissagung eintrift! Es wird der Mühe
viel brauchen; aber solch ein Sieg ist der
Mühe schon werth! Wo treffen wir den Ritter Jvan?

Peter. Er hat seine Wohnung beim Eremiten im Rheinthaler Forste aufgeschlagen;
dort brütet er über Plänen, um seine Geliebte zu retten. Er ist wirklich matt und krank,
sonst hättest du ihn gestern unter dem Fenster derselben getroffen.

Rudolph. Nimm einige Reisige zu dir,
und führe ihn gefesselt hieher!

Peter. Es soll geschehen.

Rudolph harrte seiner nicht lange, Peter
stand bald wieder vor ihm.

Ru-

Rudolph. Haſt du meinen Auftrag vollendet?

Peter. Ich habe. Den Gefangenen laß ich indeß im Thurme verwahren.

Rudolph. Wie geberdet er ſich?

Peter. Wie der Täuber, dem man ſeine Gattin aus dem Neſte raubt. Er pikt mit dem Schnabel, ſchlägt kraftlos mit den Flügeln, und girrt wie er. Seiner Meinung nach hat irgend ein Zufall ſein Verſtändnis mit Marien verrathen; er glaubt ſich in den Händen des Kloſtervogts. Schont nur ſie, und laßt mich doppelt dafür leiden! wiederholte er ängſtlich, und vielmals.

Rudolph. Ich eile iezt zu erfahren, wie es bei Marien würken wird.

Er trat zu ihr ins Gemach. — "Nun ſüſſe Marie, ſprach er zu ihr, wie geht es? Haſt du dich eines beſſern bedacht?

Marie. Wandle mein Herz, mein Gefühl, mein ganzes Ich um, dann werde ich dir mit Ja antworten. Kanſt du aber nicht

Schöpfer

Schöpfer eines andern Herzens werden, so
fragst du ewig vergebens!

Rudolph. Das gütige Schiksal hat ihn
unverhoft in meine Hände geliefert!

Marie! Wen? Ihn?

Rudolph. Ja ihn! Siehst du dort den
Thurm, die eisernen Thüre desselben? Da
wohnt er iezt, liegt angeschmiedet in Fesseln,
soll so lange liegen und schmachten, bis sich
dein Herz, dein Gefühl, dein ganzes Ich
umwandelt. Bin ich nicht glüklich, so soll
er es noch weniger sein. Der Tag meines
Glüks, die Stunde meiner Erhörung, soll der
Tag seiner Befreiung, die Stunde seiner Erlösung werden. Nun, Marie, brauchst du
Bedenkzeit? Ich will sie dir willig gönnen, aber
bedenke, daß dein Ivan indeß in Kerker
schmachtet, daß ich lange zu harren nicht gewohnt bin, und ieden Augenblik rauben kann,
was du willig nicht geben wilst.

Marie. Du hättest — du köntest wirklich
so grausam sein! O nein! du lügst zu dei ner

Schan=

Schande. Dieser Thurm, diese eiserne Thüre bewahrt irgend einen Verbrecher! der Unschuld kann er nicht bestimt sein!

Rudolph. Es komt also nur auf Ueberzeugung an, und die soll dir bald werden! Peter, (Peter tritt ein) führe den Gefangenen in dem Vorhof. Wende sein Gesicht gegen dieses Fenster, damit meine Marie ihn sehe, und aufhöre mich einen Lügner zu schelten.

Peter vollzog sogleich Rudolphs Befehl, Ritter Ivan wurde vorgeführt, und dem Fenster gegenüber gestellt. Schwere Ketten belasteten seine Hände und Füsse, klirrend schlepte er sie hinter sich her. Marie, welche die ganze Zeit über in banger Erwartung stillschweigend da stand, fuhr bei dem Ketten-Geklirre schnell empor; sie eilte nach dem Fenster, sah hinab, bebte zurük, und blikte wieder hinab! Er ist es! rief sie im Verzweiflungs-Tone: Gott in Himmel, er ist es wirklich! wiederholte sie nochmals, und sank

ohn=

ohnmächtig in Rudolphs Arme, der diese Ge=
legenheit grausam benüzte, ihre Wangen un=
gehindert küßte, und mit wollüstigen Händen
ihren Busen entschleierte. Der Unschuld reges
Gefühl wekte sie bald; sie wand sich aus sei=
nen Armen los, sie weinte, schrie, war der
Verzweiflung nahe, wurde wirklich von ihr
ergriffen. Rudolph ließ sie ruhig toben; der
Unschuld Jammer war seinem Ohre schon
Flötenton geworden. Die Folterqual der
leidenden Seele, welche in diesem Falle des
Körpers nicht achtet, ihn oft wüthend entblößt,
zur Schau stellt, und zum Umfassung ihres
Schmerzens gleichsam mehreren Raum heischt,
war seinem ruchlosen Herzen ein angenehmes
Schauspiel; er labte seine Sinne dran; der
Wollust Gluth loderte zur hellen Flamme in ihm
empor. Bald waren Mariens Kräfte er=
löscht, sie sank athemlos zu Boden; sie ver=
mochte es nicht zu hindern, daß der Wütrich
sie wieder in seine Arme faßte, sie herzte
und küßte! Sei barmherzig! Habe Mitleid!
war alles, was sie hervorjammern konte.

Rudolph. Kann, darf ich hoffen? Was
haſt du beſchloſſen?

Marie (ſtandhaft.) Ehe zu ſterben, als
dein zu werden! Ehe Tagelang die ausge=
ſuchteſten Martern zu leiden, als freiwillig
einen Kuß dir zu gewähren! Dies iſt mein
unwiderruflicher Entſchluß, den ich in der Größe
meines Schmerzens faßte, und ewig halten
werde! Ich beſchwöre dich bei deiner Gewalt,
tödte, vernichte mich! Du erfüllſt dann meinen
ſehnlichen Wunſch, aber ſchone ſeiner! (Thrä=
nen ſtürzten aus ihren Augen) Erbarme
dich des Unſchuldigen, der nichts davor kann,
daß Marie grenzenlos ihn liebt.

Rudolph (mit Wuth.) Er unſchuldig?
Er Verbrechungs los? Hat er mir nicht dei=
ne Liebe, und mit dieſer all mein Glük, all
meine Wonne geraubt? Er ſoll dafür büſſen!
Dieſe Stunde, dieſe Minute ſei ſeine Todes
Minute! Sterben ſoll er! Sterben vor dei=
nen Augen, wenn du nicht, ehe ſie verſtreicht,
mein zu ſein gelobeſt.

Ma=

Marie. Ich sterbe mit ihm! O dann wird der Tod mir Wolluft seyn!

Rudolph. Nein! Du solst leben, du mußt leben! Rauben will ich dir mit Gewalt, was du gutwillig nicht gewährst! Entehrt, geschändet, will ich dich dann hinausstoßen, Preis geben dem Gespötte des Pöbels, einen Herold vor dir hersenden, damit er ausrufe: Seht die entweihte, geschändete Hure! Jezt wähle!

Marie (im dumpfen Tone.) Er sterbe! Sein Blut komme über dich! (im feierlichen Tone) Da oben lebt noch einer, der die Unschuld schüzt; zu ihm rufe ich aus der Tiefe. Auf ihn verlaß ich mich.

Rudolph (in höchster Wuth.) Peter! Befiehl sogleich, daß man den Gefangenen hinausführe, vor den Augen der Starrsinnigen in Stükken zerhaue! Dann kehre zurük, und halte Marien am Fenster empor, damit sie sein Leiden sehe, sein Angstgeschrei höre.

Peter

Peter vollzog den Befehl seines Herrn, und schleppte Marien zum Fenster, mit stieren Augen starrte sie hinab.

Rudolph. Noch ist es Zeit! Höre meine lezte Bedingung! Ich fordere nur von dir drei Tage hindurch Gewährung meines Wunsches; drei Tage solst du nur in meinen Armen liegen, dann soll er dein sein auf ewig, nie soll er erfahren, was du mir gewährtest! Ich will euch beglükken mit Reichthum; will euch sicher nach einem fremden Lande geleiten. Dort könt ihr noch viele und glükliche Tage genießen. Nun Marie! Ich verlange Antwort.

Marie (mit Kopf schüttelnd.) Ich habe keine!

Rudolph (aufs neue entbrant, das Fenster aufreißend, hinab donnernd auf die Wächter, die eben den Thurm öfneten.) Schleppt ihn heraus! Löst jedes seiner Glieder langsam von seinem Körper, damit sie auch lange das selbst bestellte Schauspiel genieße!   Die

Die Wächter vollzogen Rudolphs Befehl. Sie schleppten Ritter Ivanen hervor. Er krümmte sich unter ihren nervigten Armen; er flehte um Erbarmung, er schrie nach Hülfe! Schon flammten die Schwerdter hoch in der Luft, als er Marien am Fenster erblikte! Starr stand sie da, gewandelt in eine Statue! Jede Mine, iede Muskel drükte den höchsten Grad des Leidens aus; aber ihr Blut stokte, ihr Herz war fest geschraubt in der Presse des Schmerzens, es blutete nicht mehr. Marie! Marie! schrie der mit dem Tode ringende Jüngling, rette deinen Ivan! Sein Ruf wekte Marien, ihr Herz schlug wieder, ihr Gefühl erwachte! Haltet! Haltet ein, rief sie! — "Haltet ein! donnerte Rudolphs Stimme ihr nach!

Rudolph (schmeichelnd.) Hast du dich eines bessern besonnen?

Marie (feierlich.) Ist er sicher gerettet, wenn ich die Bedingungen eingehe?

Ru=

Rudolph. Sicher.

Marie. Schwörst du mir es in meine Hand?

Rudolph. In deine Hand!

Marie. Im Angesichte des almächtigen Gottes?

Rudolph. In seinem Angesichte!

Marie. Verpfändest du mit deinem Worte, dein jenseitiges Wohl, deine ewige Seligkeit?

Rudolph. Ich verpfände sie!

Marie. Gott hört es; Gott sieht es; Gott wird es richten! Wohlan, schweig tobendes Gewissen! Gefühl der Unschuld empöre dich nicht! Es gilt ein Menschenleben. Wohlan, ich sei dein, durch volle drei Tage dein! Aber dann bin ich frei mit ihm? Kann ziehen wohin ich will?

Rudolph. Ich wiederhole meinen Schwur! (hinab zu den Wächtern) Führt ihn ins Gefängniß zurük! Lößt seine Fesseln, und laßt es ihm wohlgehen!

Die

Die Wächter führten ihn zurük, ein Blik voll Liebe, voll Sehnsucht war alles, womit Ivan zu danken vermochte!

Rudolph Er sei indeß das Unterpfand deines Gelübdes. Erfülst du es redlich, so solst du selbst seinen Kerker öfnen, ihn selbst befreien.

Es ist die höchste Zeit, daß ich den Vorhang über diese schrekliche Szene fallen lasse. Sie muß schon längst das Gefühl meiner Leser empört haben! schon längst hätte ich sie geendiget, wär es nicht des Erzählers Pflicht, nicht die Absicht des Ganzen, daß ich anschauend beweise, wie nach und nach menschliche Bosheit und Tükke, wird sie gewartet und gepflegt, fürchterlich empor wächst! Wie sie aufsteigt bis zur höchsten Stuffe, und unbarmherzig niedertritt, was sie auf dem Pfade des Fortwandelns hindert.

Unwillig ergreife ich die Feder wieder! Ungern erzähle ich, was ich doch erzählen muß. Der ruchlose Rudolph genoß wirklich
seines

feines Sieges! Er achtete ihres Jammers, ihrer Thränen nicht, und küßte sie wollüstig von ihren Wangen! — Aber ein solcher Genuß konte doch nicht lange Freude, nicht volles Vergnügen gewähren. Er war ihrer überfatt am dritten Tage. Sie hat mir schlecht gelohnt, sprach er zu Petern, ich will ihr wieder so lohnen. Ivan soll nicht genießen der Wonne, welche sie nur für ihn sparte. Ich schwur es, ihn ihr frei wieder zu geben! Ob todt oder lebendig steht in meinem Belieben.

peter. Allerdings.

Rudolph. Laß ihn enthaupten, und führe sie dann hinab zu ihm. Sie war todt in meinen Armen, er soll es nicht minder in den ihrigen sein.

Peter vollzog pünktlich seines Herrn Befehl! Marie eilte sehnsuchtsvoll hinab, öfnete selbst des Thurmes Thüre, und sah ihren Ivan enthauptet zu ihren Füssen liegen. Szenen solcher Art sind unbeschreibbar. Der höchste Ausdruk des Schmerzens hat keine

Petermänchen II. Th.   K   Be=

Benennung! Unsre Sprache kann nur na=
türliches Gefühl ausdrükken, für übernatür=
liches hat sie keine Worte. Peter überließ
Marien ihrem Schikfal, und kehrte zu seinem
Herrn zurük. Das war ein Anblik, sprach
er zu ihm, über den Belzebub selbst sich
freuen wird! Das war ein That, um wel=
che er dich gewiß beneidet!

Rudolph weilte nun nicht länger auf der
Feste; Spuren eines ehemaligen Gewissens
regten sich in ihm. Er ließ satteln, und
jagte nach seiner Heimat. Ob die ohnmächtige
Marie je wieder zum Leben erwachte, ob sie
ihres Schmerzens Größe noch einmal fühlte,
wird vielleicht die Folge lehren. Rudolph
langte noch am nämlichen Tage auf Wester=
burgs Feste an; Johanna empfieng ihn mit
heißer Liebe, mit großer Freude. Sie wuß=
te nicht, daß er unschuldiges Blut vergossen;
sie wähnte nicht, daß Thränen der leidenden
Tugend seine Hände beflekt hatten. Sie war
froh ihn wieder zu sehen, und vergaß bald

der

der Angst, die sie seiner langen Abwesenheit
wegen gelitten hatte. Rudolph aber lebte fort
in seinen Sünden = Leben, gedachte nicht des
Zukünftigen; genoß nur das Gegenwärtige.

In diesem Jahr wurde der spanische Al=
phons zum Kaiser erwählt. Er lud durch
ausgeschikte Boten alle edle Deutsche zu seiner
Krönung nach Aachen; sie solte herlich und
in Freuden gefeiert werden. Auch versprach
er: daß er strenge Gerechtigkeit im deutschen
Reiche üben, und wieder gut machen wolle,
was seine zwei Vorgänger zu hindern nicht
vermögend gewesen wären. Rudolph, den es oft
in seiner Heimath engte, der nie lange Weile
haben wolte, und sie doch oft hier fühlte,
beschloß nach Aachen zu ziehen, der Fürsten
Augen mit seiner Pracht zu blenden, und
Nahrung für Leidenschaft aller Art zu su=
chen. Peter mußte noch oft des indischen
Kaliphens Schazkammer plündern, ehe all
sein Rüstzeug, all seine Knappen und Diener
so geschmükt waren, wie es seine Eitelkeit

K 2   heischte.

heischte. Er zog endlich aus, von Johannens Segen und Thränen begleitet. Gerne wäre sie ihm zur Seite geritten, aber Rudolph gestattete es nicht, denn er wolte frei sein, und ungehindert schwelgen. Wie er hinauf zog durch den Mainzer Forst, ließ er einst an einem heissen Mittage seinen ganzen Troß im Walde lagern, aß und trank sich müde, und legte sich endlich abseits unter einen Baum, um ungestört schlafen zu können. Ehe er noch einschlief, ging ein Eremit bei ihm vorüber. Er grüßte Rudolphen mit dem heiligen Gruße, und blieb vor ihm stehen.

Eremit. Zieht hier nicht Ritter Waldeichen vorüber, und bist du nicht aus seinem Gefolge?

Rudolph. (bei dem Namen Waldeichen hoch emporfahrend) Waldeichen? Nein! ich diene ihm nicht! Aber ich kenne ihn schon lange her? Ist er zurük gekehrt aus Palästina? Wird er hier vorüber ziehn? Und wohin?

Eremit.

Eremit. Schon vor Jahresfrist ist er zu=
rükgekehrt; hat große Reichthümer mitge=
bracht! Beglükt damit die Dürftigen, und
läßt mich nie ohne Gabe von sich. Einer
seiner Reisigen erzählte mir gestern, daß er
zur Kaiserkrönung nach Aachen ziehen wolte!
Ich glaubte, er sei es, und wolte ihn um
ein Almosen ansiehen!

Rudolph. Das soll dir bei mir auch
werden! (er gab ihm einige Goldstükke)
Da nim, und pflege dich damit! Mache dei=
nen alten Körper auch einmal eine Freu=
de! Erquikke, labe ihn!

Eremit. Ich will es dem Herrn opfern;
hungrige Reisende speisen, damit sie für dich
beten, und es dir wohl gehe! Ich meide
in meiner Einöde jede Freude; ich darbe jedes
irdische Vergnügen, damit ich es dort desto
herrlicher genießen kan.

Rudolph. Hat Waldchen hier in der
Nachbarschaft seinen Siz?

Eremit.

Eremit. Forsteinwärts, zwei Stunden tiefer hinab liegt seine mächtige Feste, die ihm die Herren von der Wetterau um eine große Summe verkauften. Es ist ein ehrwürdiger Alter, die ganze Gegend segnet ihn. Er ist mächtig und groß, und doch bieder und gut. Er thut keinem Schwachen Weh, und hilft jedem Bedrängten. An den Ufer des Flusses hat er sich ein Häuschen erbaut, niedlich und klein, eng und niedrig, wie meine Hütte. Dahin walt er jeden schönen Sommerabend; betet dort, und schläft oft auch in der Nacht da. Die Armen und Dürftigen können sich ihm hier ungestört nahen; oft war ich bei ihm, stundenlang hat er mich aufgehalten, und mir freundlich erzählt, wie er zu Palästina für das Wohl der Christenheit kämpfte.

Rudolph. Da er Ruhe und Einsamkeit so liebt, warum will er iezt in das Getümmel der Krönung ziehen?

Eremit.

Eremit. Nicht um der Pracht und Uip=
pigkeit zu fröhnen, sondern aus der besten
Absicht zieht er hin! Die Ritter in seiner
Nachbarschaft haußen so übel, nekken die
Klöster; brandschazzen die Städte, und schin=
den die armen Unterthanen. Das will er
denn alles dem neuen Kaiser vorstellen, da=
mit er Abhülfe treffe, und den Schaden hei=
le. Er will selbst beitragen, was er ver=
mag, um die goldne Ruhe herzustellen, da=
mit ieder in Frieden seinen Akker bauen, und
seines Geschäftes pflegen kan.

Rudolph. Hast recht; es ist ein herlicher
Alter! Auch ich kenne ihn schon lange! ich selbst
war oft sein Kampfgefährte in Palästina. Da
ich so nahe an seiner Feste vorbei ziehe, so
wär es ungerecht, wenn ich ihn nicht besuch=
te, mich seines Wohlstandes nicht freute.
Harre hier einige Stunden, du solst mich dann
nach seinen Häuschen geleiten; dort will ich ihn
unvermuthet überraschen, und diesen Abend
in seiner Umarmung herzlich feiern!

Eremit.

Eremit. O lohn dir es Gott, wenn du dem alten guten Mann eine Freude machst! Ich will hier deiner warten, bis du alles geordnet hast.

Rudolph eilte zu seinen Leuten, befahl abzupakken, und abzusatteln, hernach rief er Petern zu sich.

Rudolph. Stelle dir vor —

Peter. Ich weiß alles! Mein Ohr hört auch in der Ferne, was es hören will!

Rudolph. Was soll ich nun beginnen? Zieht der Alte, wie mich der Eremit versisichert, auch nach Aachen; besizt er den Hut noch, so geht es mir dort übel!

Peter. Leicht möglich!

Rudolph. Du und dein Belzebub kan mir dann nicht beistehen?

Peter. Nein, das können wir nicht!

Rudolph. O dann macht er mich sicher vor der ganzen Versamlung zu Schanden, oder vergält mir wenigstens iede Freude. Einer von uns beiden darf nicht hinziehen.

Peter.

Peter. Und daß der Alte zu Hauſe blei=
be, iſt eben ſo natürlich.

Rudolph. Du billigſt alſo mein Vor=
haben?

Peter. Ganz und völlig! Ziehe mit dem
Eremiten hinab, und ſizt er ruhig in ſeinem
Häuschen, ſo vergilt ihm die Drangſalen,
die er dir einſt anthat.

Rudolph. Du mußt mit uns ziehen, und
witterſt du des Hutes Gegenwart, mich
warnen.

Als die Sonne ſich neigte, zog Rudolph
in des Eremiten Geſelſchaft forſteinwärts
nach Waldeichens Feſte; der Alte ſuchte ihnen
den Weg durch freundliches Geſchwäz zu
verkürzen, an dem ſich aber die Ruchloſen
wenig erbauten. Eben ging die Sonne in
voller Pracht unter, als ſie an der Feſte
vorüber zogen. Peter drängte ſich an Ru=
dolphs Seite. Ich wittre, ſprach er, des
Hutes Macht. Sie verbreitet ſich über die
ganze Feſte, dort liegt er verborgen. Gehe
muthig

muthig nach dem Häuschen, und triffſt du
den Alten dort, ſo beginne was du willſt;
dich hindert nichts.„ — Waldelchens kleine
Einöde enthüllte ſich nun ihren Blikken.
Schön und romantiſch lag ſie in der Tiefe.
Hohe Bäume beſchatteten ſie; ein enger Pfad
ſchlängelte ſich bogenförmig zu ihr hinab.
Wilde Roſen und andere Geſträuche faßten
ihn ein, und beſchatteten den Hinabwandeln-
den.

Rudolph. (zu dem Eremiten und Petern) Wartet dort links im Gebüſche meiner,
bis ich wiederkehre! Ich will ihn allein über-
raſchen.

Eremit. Ich nelde dir dieſe Freude.
Wandle nur den Pfad fort, er führt dich bis
zur Hütte; du triffſt auch ſicher den Ritter,
denn die Thüre des Häuschens ſteht offen.

Rudolph ſchlich den Friedenspfad hinab.
Wo der Weg ſich krümte, da ſtand immer
die Statue eines Heiligen, und ein Betſchem-
mel daneben; aber der Mörder betete nicht,

und

und ging ungerührt vorüber! Endlich er=
reichte er die Hütte, trat in das ofne Ge=
mach, und sah den alten Waldeichen mit
entblößtem Haupte vor einem Altar knien.
Er betete emsig und innig, hörte Rudolphs
Tritte nicht.

Rudolph. Waldeichen!

Waldeichen. (emporfahrend, und Ru=
dolphen starr anblickend) Ritter, was
willst du?

Rudolph. Ich komme mit dir zu rechten!
Ich fordre Genugthuung für die Drangsa=
len, die du mir anthatest! Kenst du mich
nicht mehr?

Waldeichen. Bist du nicht Rudolph?

Rudolph. Ich bin es!

Waldeichen. O sei mir willkommen!
Treibt Seelenangst dich umher; foltert Reue
dein Gewissen, so geselle dich zu mir, du
wirst Erhörung finden, wie ich sie fand!
Du forderst Genugthuung, und triffst mich
eben damit beschäftiget! Täglich flehe ich

bier

hier den Ewigen um Vergebung, daß ich
Agnesen morden lies; daß ich dich mit unver-
söhnlichen Haß verfolgte. Der Ewige hat
mich erhört; in meinem Herzen ruht Friede.
Verzeih auch du mir, daß ich vergnügt sterben kan!

Rudolph. Mit nichten! Ich trete lezt
in deine Fußstapfen. Mit dem Maaße, womit du mir maaßest, will ich dir wieder mes-
sen. Solch eine Genugthuung ziemt mir
nicht! Du mußt sterben!

Waldeichen. Sterben? Du köntest mich
alten wehrlosen Mann tödten? Sterben
soll ich?

Rudolph. Ja, sterben! Des Hutes
Macht schützt dich iezt nicht!

Waldeichen. Stehe ich nicht unter Gottes Schuz?

Rudolph. Er richte ieden nach seinen
Werken! (stieß ihm einen Dolch in das
Herz.)

Wald-

Waldeichen. Das wird er! (sterbend)
Das wird er!

Ohne länger zu weilen, kehrte Rudolph
zurük, fand seine Geselschafter im Grase ru-
hend, und gebot Aufbruch.

Eremit. Warum kehrst du so schnell zurük?

Rudolph. Der Ritter ist krank, und
schläft eben; ich wolte ihn nicht wekken!

Peter. Schläft er sanft?

Rudolph. Sanft! Ihm ist wohl!

Sie wandelten wieder gegen den Wald!
Ein Zaun stand in der Nähe, Rudolph riß
einen Pfahl aus, und schlug hinter sich.

Peter. Was beginst du?

Rudolph. Ich sichre mich vor Verräther!
Leicht könte der Eremit schwazzen, und mich
verrathen.

Peter. (den erschlagenen Eremiten betrachtend) Auch er schläft sanft! Wird es
niemanden erzählen: Wohin er uns geleitete!

Ru=

Rudolph. Nim ihn, trag ihn hinab in die Hütte! Gieb ihm den Dolch, der noch in Waldeichens Busen stekt; in die Hand. Man wird dann glauben: Er habe ihn getödtet!

Peter. Vortreflich! Bald werde ich zu dir in die Schule gehen müssen! Wahrlich, du machst deinen Meister Ehre.

Früh zog Rudolph weiter. Er war mit doppelten Morde beladen; aber er fühlte die Last nicht, und wähnte sich glüklich, daß er einen so gefährlichen Feind endlich einmal besiegt habe. Glüklich kam er nach Aachen, und zog begaft vom Pöbel, bewundert von allen, in die Stadt ein. Seine außerordentliche Pracht, seine eben so große Freigebigkeit wurde bald am kaiserlichen Hofe selbst bekant; seine immer noch schöne Gestalt wurde von den Damen bewundert, von manchem Ritter beneidet. Das Krönungsfest wurde endlich gefeiert; Rudolph half es verherlichen; er war unter den Edlen, die dem neuen Kaiser zur Seite ritten.

ritten. Im Tourniere, das bald darauf die
ganze Ritterschaft dem Kaiser zu Ehren gab,
errang Rudolph, so sehr sich auch andere
darum bemühten, abermals den Preis, und
ward von der Kaiserin selbst gekrönet. Er
saß eben an des Kaisers Tafel; Fürsten und
Grafen tranken des tapfern Rudolphs Ge-
sundheit, als im Vorzimmer ein Geräusch
entstand, dem die Wacht nicht mehr zu
widerstehen vermochte, und eine große Menge
des Pöbels hereinströmte. Der Drang ging
aufwärts gegen Rudolphen zu, der als Sieger
an des Kaisers Seite saß. Eine bleiche Hand
langte über seine Schultern hinab, und sezte
eine bedekte Schüssel vor ihm hin. Sieger
im Tourniere! Sieger der Unschuld! Mörder des Jünglings! Mörder des Greises!
Iß und labe dich! so rief dicht an seinem Ohre
eine Stimme! Er blikte hinter sich, und
sah Marien, neben ihr den Eremiten stehn.
Alle Anwesenden entsezten sich der seltsamen
Anrede, und blikten auf Rudolphen, der
todtenbleich zurüksank. Ma-

Marie. Nun, Rudolph, wilst du nicht genießen von der Speise, die ich dir aufzutischen, so weit her wahlfahrte? Versuche, koste sie wenigstens!

Sie stieß den obern Dekkel herab, und Ritter Ivans Haupt, das die Verwesung schon unkentlich gemacht hatte, grinzte ihn schreklich an. Kaiser und Kaiserin fuhren bei diesem Anblik in die Höhe! Alle Gäste folgten, nur Rudolph blieb wie versteinert sizzen.

Kaiser. Was soll dies? Nonne, warum vergälzt du uns so schreklich das heitre Freudengelag?

Marie. Der hat es verdient! tausendfach verdient! (zu des Kaisers Füßen) Ich flehe um Rache und Gerechtigkeit!

Rudolph. Herr! Sie ist wahnsinnig!

Marie. Ich bin es nicht! Des Schmerzens Größe raubte mir zwar meinen Verstand; aber Begierde nach Rache gab mir ihn wieder. Sieh, diese Männer sind Zeugen!

Ru=

Rudolph blikte sich um, und sah die Reisi=
gen hinter ihr stehen, die er ihr zur Wache
bestimt hatte, und die aus Mitleid gegen die
Aermste untreu an ihren Herrn geworden waren.

Marie begann nun zu des Kaisers Füssen
die Erzählung von Rudolphs schändlicher,
ruchloser That. Sie bekante offen und frei alles;
nante sich strafbar und flehte um Lohn über
Ivans Mörder. Als sie geendigt hatte, trat
der Eremit hervor. Sein graues Haupt,
seine ofne Wunde zeugten schon für ihn. Er
schilderte Waldeichens grausamen Mord. Sie
hielten mich für todt; endigte er: und sein
Diener schlepte mich nach der Hütte, als ich
schon wieder mein Dasein empfand. Er gab mir
den Dolch in die Hand, um mich auch im
Tode noch zu entehren; aber ich erholte mich
bald, konte schon früh seinen Mord laut
verkündigen. Man wieß mich an das Kam=
mergericht zu Speier, und dies sandte mich
zu Euch, großer Kaiser. Ich traf unterwegs
die Nonne; sie salbte mitleidsvoll meine

Petermännchen II. Th.　　L　　Wun=

Wunde, ich tröstete dafür ihre Seele. Hier
lieg ich neben ihr, und flehe um Strafe über
den dreifachen Mörder! ·

Tiefe ungestörte Stille herschte, wie der Ere=
mit endigte, im ganzen Saale. Aller Augen
waren auf den Kaiser gerichtet; Aller Ohr
harte seines Ausspruches. Er blikte mit=
leidsvoll die Klagenden an, und warf zor=
nige Blikke auf den Verbrecher. Weh!
Weh! Weh! sprach er endlich, über den,
der solche That beginnen konte! — Weh! Weh!
Weh! riefen alle Anwesende nach! Weh! Weh!
Weh! erschalte es durch die Vorgemächer!
Weh! Weh! Weh! ertönte es auf der Gasse!

Es ist höchst traurig, fuhr der Kaiser zu
sprechen fort: daß ich meine Regierung mit
Strafe beginnen muß; aber die Schwere
des Verbrechens heischt schleunige Ahndung!
Ich hab es Gott geschworen, die Unschuld
zu schüzzen, und Mord zu rächen. Ich muß
meinen Schwur halten! Edle des Reichs,
richtet ihn! Ich begebe mich des Rechts der

Begna=

Begnadigung; findet ihr ihn schuldig, so verurtheilet ihn nach den Gesezzen! Trabanten, führt ihn nach dem Gefängnisse!

Unter Jubelgeschrei über Alphonsens strenge Gerechtigkeitsliebe, wurde nun Rudolph nach dem Gefängnisse geführt. Er glich einem Schlafenden, den schwere Träume ängstigen, und der sich vergebens zu erwachen bemüht. Schon war er nahe dem Thurme, welcher ihn einkerkern solte, als ein Haufen Reiter die Gasse herab sprengten, Volk und Trabanten zerstreuten, Rudolphen in ihre Mitte nahmen, und mit ihm davon iagten. Die Thürme der Stadt lagen schon tief hinter ihren Rükken, als Rudolph erst wieder Fassungskraft erhielt; er erkante Petern an der Spizze seiner Retter, und rief ihn zu sich.

Peter. Herr, heute wurde es euch nahe gelegt! Ich mußte schnell eilen, um euch vom Schafote zu retten.

Rudolph. Noch irre ich immer im Traume, bin noch nicht vermögend, in meinem

L 2   Ge-

dächtnisse zu ordnen, was seit einer Stunde
mir widerfuhr. Aber, ob du gleich mein
Retter bist, so solte ich doch billig mit dir
zürnen! Warum warntest du mich nicht?
Warum liesest du unvorbereitet die schrekliche
Schande über mich ergehen, die ich nun
nicht tilgen kan; die ewig meinen Namen
beflekken wird!

Peter. Du heischest unmögliche Dinge.
Ich kan wohl deines Wunsches Ziel erfüllen,
aber nicht die Folgen desselben verhindern.
Ich kan Mord in deinen Namen befördern
und beginnen, aber nicht machen, daß dem
Bösen nicht böser Lohn folgt. Legst du in
ein Haus Feuer, so darf es dich nicht wun=
dern, wenn bald darauf die Flammen drüber
zusammenschlagen; und mordest du, so kan
es dir nicht fremd dünken, wenn du Weh
über den Mörder rufen hörst.

Rudolph. Was wird nun geschehen?

Peter. Sie werden dich suchen, und nicht
finden. Sie werden Reichsacht über dich

aus=

ausrufen, das Reichsfähnlein gegen dich
aufbieten; aber keiner wird sich finden, der
die Kosten dazu hergäbe, und du wirst indeß
ruhig auf deiner Feste hausen, und der Tho-
ren lachen. Es kann endlich wohl geschehen,
daß irgend ein frommer Bischof die Exkom-
munikazion über dich ausspricht. Aber was
kümmert dich diese? Was achtest du der Sea-
len Heil, die nicht mehr dein ist?

Rudolph. Geschieht auch alles, was
deine Freundschaft mir prophezeit; werde ich
auch nicht zur Verantwortung gezogen, so ist
doch nun mein Ruhm, meine Ehre unwider-
bringlich verloren. Jederman schätzte mich
sonst; ein ieder wird mich iezt verachten. Alle
Ritter wetteiferten sonst um die Ehre an meiner Tafel zu sizzen, an meinen Festen Theil zu
nehmen. Sie werden es nun nicht mehr thun;
sie werden vorüber ziehen an meiner Feste,
und mich der Einsamkeit überlassen, die mir
so lästig ist. O Peter! Für diese Wunde
hast du kein Pflaster.

Peter.

Peter. Wohl hab ich es! Man wird dich
nicht mehr schäzzen und ehren, aber man wird
dich fürchten, und aus Furcht dir schmei=
cheln. Die Nonnen werden dich segnen, wenn
du einher ziehst, sich noch deines Schuzzes
empfehlen, wenn du dich ihnen nahst! Ob
es vom Herzen kömt, kümmert dich wenig,
wenn du nur deine Absicht erreichst. Gräme
dich nicht! Forsche nicht nach der Zukunft;
sie naht sich schon selbst. Sorge immer nur
fürs Gegenwärtige, so darfst du das Zukünf=
tige nicht fürchten.

Mit diesen und ähnlichen Gesprächen such=
te Peter Rudolphen zu trösten, welcher oft sei=
nen Trost begierig annahm, oft aber auch ver=
schmähte. Nicht Reue war es, was ihn
folterte; der Schmerz über den Verlust sei=
nes Ruhms, an dem sein Herz hing, peinig=
te ihn! Er ward immer wüthender, als er deut=
lich sah, daß beides auf ewig verloren sei.
Er wolte sich nicht bessern, nicht Gutes aus=
üben, aber er wolte es doch auszuüben schei=
nen,

nen; und daß nun Marie ihm auf einmal die
Larve im Angesicht aller Edlen von Deutschland
so schreklich abgezogen hatte, war seinem
Herzen Höllenqual.

Wie sie sich der Heimat näherten, wurde
sein Unmuth stärker, und vermehrte sich unendlich, als er deutlich sah, daß man ihn
hasse; als er deutlich hörte: daß man ihn
abseits einen Nonnenschänder, einen Meu-
chelmörder nante. Er fand seine Feste leer;
Johanna kam ihm nicht entgegen! Seine
Kinder sprangen nicht um ihn herum! Wo
ist Johanna? sprach er zu einem alten Diener, der allein ihm entgegen schlich; wo sind
meine Kinder?

Diener. Als deine schrekliche That hier
ruchbar wurde, nahm sie dein Weib weinend
in ihre Arme, und floh mit ihnen nach einen Kloster. Ihre und deine Diener verlie-
ßen sich auch, weil niemand sie soldete und
speiste; weil ieder dich schon auf den Richt-
plaz wähnte. Ich allein blieb hier, um zu
be-

bewahren deine Geräthschaften, und sie denen zu übergeben, die sie mit Recht fordern würden.

Rudolph (zu Petern.) Nun, Peter, nun! Wie gefält dir der Anfang?

Peter. Es wird vorübergehen, wie ein Gewittersturm! (zum Diener) Geh Alter, geh, samle die Diener! sage: ihr Herr sei glüklich wiedergekehrt! Die Sage sei eine Lüge!

Diener. O wohl ihm, und uns, wenn es so ist! (eilt fort.)

Rudolph. Wohl mir, wenn es so wäre! da sizze ich nun einsam und verlassen! Das fürchterliche Weh, das man in Aachen über mich ausrufte, tönt allein in meinen Ohren!

Peter. Sei ruhig! Du verlangst nach Gesellschaft? Sie soll dir noch heute werden; so lustig und fröhlich, wie du sie gerne wünschest. Ich will indeß Anstalt zum Empfange machen.

Ru-

Rudolph lehnte sich aus Fenster, und sah mit Vergnügen, wie seine Diener sich nach und nach wieder samelten, und zur Burg freudig einzogen. Als die Sonne unterging, zogen auch Gäste herauf. Dreizehn an der Zahl, Ritter und Frauen. Sie kamen, sagten sie, von den Ufern der Donau, und bäten um Herberge. Rudolph empfing sie freundlich; ihm ward in ihrem Umgange bald wieder wohl; sie zechten bis spät in die Nacht, und Rudolph suchte betrunken sein Lager. Die Sonne stand schon hoch am Himmel, als er erwachte; er sehnte sich nach Johannen, und rufte den Alten.

Rudolph. Nimm ein Roß, und iage nach dem Kloster, in welchem meine Johanna wohnt! Sag ihr, daß ich wiedergekehret sei, und sie mit meinen Kindern erwarte.

Diener. Gerne und willig! O dann wird wieder gut wohnen in deiner Feste sein, wenn sie nur hier ist.

Die

Der Diener eilte fort, und Rudolph un-
terhielt sich indeß mit Petern, der ihn tröstete, und noch mehr Vergnügen versprach.
Die Mittagsstunde war schon verflossen, schon
harrte man mit dem Mahle, als der Diener
allein zurükkehrte. Deine Johanna, sagte er
zu Rudolphen, wird nie mehr zu dir kommen. Gestern ist sie Nonne worden; gestern
hat sie das Gelübde abgelegt. Es wurde
mir schwer sie zu sprechen. Die Holde läßt
dich grüssen; sie läßt dich durch mich beschwö-
ren, dein Sündenleben zu bereuen, abzu-
büssen die schrekliche That; in ein Kloster zu
gehen, wie sie, damit sie einst dort dich wieder finde.

Rudolph. Und wo sind meine Kinder?

Diener. Einer Magd zieme Lohn, sagte
sie, um so mehr einer treuen Geliebten. Sie
habe statt Lohns, statt Ersazzes für verlorne
Ehre und Ruhm, ihre Kinder mitgenommen;
sie habe solche den Händen eines gottes-
fürchtigen Mannes, zur Erziehung anver-
traut,

traut; du würdeſt ihren Aufenthalt nie erfahren, damit ſie nicht deinem Beiſpiel folgten, und verloren gingen, wie du! Auch ich,
Herr, muß von euch Abſchied nehmen. Ich
will in irgend einem ſtillen Orte meinem Gott
dienen; hier kann ich es doch nicht.

Rudolph. Wie? auch du wollteſt mich
verlaſſen?

Diener. Ich muß! Ich ſtehe ſchon mit einem Fuße im Grabe; ich muß an meine Seligkeit denken, und könte ſie leicht verſcher-
zen, wenn ich hier der Gelegenheitsmacher
von Laſtern bliebe! Wie ich euch als Kind
auf meinen Armen wiegte, und ſo in Züchten
und Ehren heranwachſen ſah, da dachte ich
freilich: Der wird dich einſt zu Tode füttern,
wird dir vergelten die treuen Dienſte, die du
ſeinem Vater ſchon leiſteteſt! Aber es iſt anders gekommen. Der Menſch denkt! Gott
lenkt! — Herr, rettet eure Seele! Euer guter Name iſt unwiederbringlich verloren. Ich
will für euch beten. Gedenkt ans Ende! lebt
wohl! (er ſchlich traurig fort.)

Rudolph (ihn nachsehend.) Ans Ende!
Ja wohl ans Ende! Auch ich stehe wie du,
mit einem Fuße ienseits! Peter, wie lange ist es, daß ich den Kontrakt unterschrieb?

Peter. Wer wird mit solchen Dingen sich
beschäftigen. Es ist vergebne Mühe! Sie
entwickeln sich schon selbst! Achte des Ge-
schwäzzes nicht! Genieße so lange du genießen
kanst!

Rudolph (ihm die flache Hand hinhal-
tend.) Nimm, was darauf liegt!

Peter. Dafür laß mich sorgen, ich will
dir schon die Zeit vertreiben. Sei nicht mismuthig! Solst dich heute noch hoch freuen!
Ich habe die Nachbarschaft geladen; sie
werden erscheinen.

Rudolph. Sie werden nicht; werden
höchstens kommen, Abschied von mir zu nehmen, wie es eben mein alter Diener that!
— Und Johanna verläßt mich auch! Johanna, um derentwillen ich doch ward, was ich
bin!

Peter.

Peter. Vergiß sie, wie sie dich vergaß! Es giebt der Mädgen noch mehr. Laß uns ausziehen; wir wollen bald in Menge deren finden.

Rudolph. Es geht zu Ende! Ja, ja, Alter, du hast recht! das Ende, ach, das Ende ist es, was uns beide erwartet! ——

Peter mußte noch lange schwazzen, ehe er seinem Herrn beruhigte, und die Zweifel, die er ihm einwarf, auflößte. Rudolph harrte ungedultig seiner Gäste, die endlich auch kamen. Es waren allesamt Bekante aus der Nachbarschaft. Sie freuten sich hoch seiner glüklichen Ankunft, erinnerten sich geschwäzzig der frohen Abende, welche sie schon mit ihm durchlebt hatten, und erwähnten des Gerüchts gar nicht, was sich doch in der ganzen Gegend verbreitet hatte. Der geschäftige Peter fülte die Pokale; sie gingen herum, und die ganze Gesellschaft wurde bald noch munterer. Rudolph, der seinen Schmerz in Wein abzukühlen suchte, trank emsig, und

wurde

wurde in kurzem der Lustigste in der ganzen Ge=
sellschaft. So ging es diesen Abend, so ging
es die darauf folgenden. Immer sorgte Peter
für gute Gesellschaft. Rudolph ergab sich
ganz dem Trunk; er war selten nüchtern, und
verließ seine Veste nie. Er wußte nicht, was
außerhalb derselben geschah, und seine Freun=
de erzählten ihm nie etwas unangenehmes.
Regte sich doch dann und wann sein Gewis=
sen, folterten ihn Zweifel, wie es einst dort
aussehen werde; so forderte er Wein, und
vertrank sich oft auch ganz allein die Grillen,
welche ihn peinigten.

Schon hatte der rauhe Winter die Fel=
der bedekt; schon überzog der scharfe Nord=
wind die Fenster mit tiefem Froste, als er
einst Abends mit seiner Gesellschaft sich mun=
ter zechen wollte. Die gewöhnlichen Gäste
waren schon alle versamelt, aber bald dar=
auf hörte man noch Roß=Tritte im Hofe, und
Mans Schritte die Treppe herauf schallen. Die
Gäste stuzten, sahen sich ängstlich an, und
frag=

fragten: Wer noch so spät käme? — "Sei es, wer es auch sei, er soll uns willkommen sein. rief Rudolph, und mit uns zechen!,, — Die Thüre öfnete sich, und ein alter, ehrwürdiger Geistlicher trat herein. Er hielt ein Licht in seiner linken Hand, ein Kreuz in seiner Rechten: Alle gute Geister, sprach er, loben Gott den Herrn; alle böse schwinden vor seinem mächtigen Namen! — Aengstlich wandten sich alle Gäste und flohen; auch Peter mit allen Dienern entwich. Die Lichter verlöschten; nur die Kerze in des Priesters Hand bränte noch, und Rudolph blieb allein vor ihm stehen.

Priester (zu dem erblaßten Rudolph.) So lebst du wirklich noch? Bist kein Geist?

Rudolph. Ehrwürdiger Alter, wie komst du zu dieser Frage?

Priester. Weil ich dich in der Gesellschaft von Geistern treffe.

Rudolph. Geister? Du siehst, wie ich erstaune! Es waren Bekante aus der Nachbarschaft, die mich alle Abende besuchen.

Priester. Und warum flohen, warum ver=
schwanden sie bei meinem Gruße?

Rudolph. Was ich eben nicht begreife!

Priester. Armer, verblendeter, vielleicht
verlorner Sohn! Es ist Zeit, daß ich dich
wekke! Gesegnet sei der Gang, den ich auf
Johannens, meines Beichtkindes, Bitten wag=
te! Deine Gesellschafter sind Teufel, und du
stehst wahrscheinlich im Bunde mit ihnen?
Sei aufrichtig, beichte deine Sünden!

Rudolph. Ja, ich stehe mit ihnen im
Bunde.

Priester. So will ich versuchen, ob ich
dich zu retten vermag! Schon seit drei Mon=
den hält dich die ganze Gegend für todt!
Kein lebendiger Körper wohnt seit dieser Zeit
mehr auf deiner Feste. Man erzählt allge=
mein, der böse Feind habe dich am andern
Tage deiner Ankunft aus Aachen sichtbar ge=
holt, und in den Lüften zerrissen, auch wäre
seit dieser Zeit deine Feste ein Wohnsiz dessel=
ben geworden. Ich selbst sah oft aus mei=

ner

ner Zelle, wie sich die Fenster der Burg in
der Nacht auf einmal erhellten, ich hörte das
Geschrei eines frohen Trinkgelags, und mußte
solches für Teufels Spiel halten, da oft feurige
Schlangen auf den Dächern herumkrochen,
und sich in die Tiefe hinabstürzten. Viele
sahen dich freilich am Tage aus dem Fenster
schauen, und oft im Garten spazieren gehen;
aber sie flohen dich, und keiner wagte es, dich
anzureden. Johanna, die nun eine weinen=
de Magdalena geworden, und mit Gott in
Bund getreten ist, beschwor mich gestern=
doch die Wahrheit des Gerüchts zu ergrün=
den, mich hier herauf zu wagen, und verse=
hen mit geweihten Sachen, die Geister entwe=
der zu verbannen, oder lebtest du wirklich noch
mitten unter ihnen, dich zu retten. Weis=
sagende Seele, dein Gefühl hat dich nicht
betrogen! Vielleicht hast du mir dadurch das
Glük bereitet, meinem Gott ein verlornes
Schaf aus der Wüste zuzuführen. O seine
Freude darüber wird groß sein. Mehr Freu=

Petermändchen II. Th.   M   de,

de, sagte er ta selbst, herscht im Himmel über einen Sünder, der Buße thut; als über neun und neunzig Gerechte, die der Buße nicht bedürfen. Sohn! wilst du mir folgen?

Rudolph (erschüttert.) Ich will!

Priester. Wilst du bereuen dein Sündenleben? Wiederkehren zur Tugend? Abschwören den Satansbund, und mit Gott ihn erneuern?

Rudolph. Ich will es.

Priester. Die Gnade des Höchsten sei mit dir! Daß sie dir werde, will ich unablößlich flehen.

Rudolph. So wäre wirklich noch Rettung möglich?

Priester. Traue fest auf ihn; denn ihm ist nichts unmöglich.

Rudolph. O du weißt nicht alles; du hältst mich blos für einen Wollüstling, für einen Mörder, Räuber! Ich bin noch mehr als alles dieses, ich bin schon seit eilf Jahren des Satans Eigenthum. In einem An-

falle

falle von wüthender Leidenschaft verschrieb
ich ihm meine Seele! Er hat meine blutige
Unterschrift in Händen. Wenn das Jahr
um ist, wird er sein Eigenthum fordern.

Priester. Unglüklicher, schreklicher Mensch!
Du verkauftest, was dein Gott mit so unaus-
sprechlichen Schmerzen erlöste. O ia, leider,
du bist tief gefallen, tiefer als meine Hand reicht.
Du liegst im Abgrund, und ich stehe oben am
Rande; iammernd und weinend über deinen
Fall! Aber ich will es versuchen, ob ich dir eine
Leiter reichen kann, auf der zu mir klimmst!

Der Priester warf sich auf sein Angesicht
zur Erde. Er betete lange und still. Dann
hob er sich empor, und begann die Beschwörung. Ich wage sie nicht nachzuschreiben,
die kräftigen Worte, mit welchen er den Satan zu erscheinen gebot. Es blizte und donnerte, und er fuhr in der Beschwörung fort.
Die Erde bebte; die Feste wankte; die Dek-
ke drohte einstürzen, und der Priester fuhr
fort. Schrekliche Gestalten rauschten vorüber;

M 2

über; Sturmwinde tobten im Gemache, und
hoben die Kleider des Beschwörens hoch empor; aber er blieb unerschüttert. Als er geendigt hatte, schlich tief gebeugt, zitternd
und bebend Belzebub aus der Tiefe herauf.
Er hielt die Pergamentrolle in seiner Hand.
Der Priester faßte mit der seinigen Rudolphen.

Belzebub. Gesalbter des Ewigen, was
befiehlst du?

Priester. Brüllender Löwe, der du im
Finstern einher schleichst, Menschen zu fangen, gieb deinen Raub zurük!

Belzebub. Ich habe genommen, was er
selbst mir bot! Ich habe treulich die Bedingung erfüllt, und hoffe daß auch er sein
Wort halten wird.

Priester. Sieh! Noch lebt er; noch steht
er in der Hand dessen, der ihn schuf, und
dich verdammte! Er bereut, er will wandeln
auf den engen Pfade zum Himmel, und verlassen die breite Straße zur Hölle. Ich will
sein Führer sein!   Bel-

Belzebub. Wer bürgt für seinen Entschluß?

Priester. Er selbst muß bürgen.

Belzebub. Wenn er aber nicht Wort hält, wenn er dich betrügt, wie er mich betrog?

Priester. Dann richte Gott ihn, nicht ich.

Belzebub (den Kontrakt dem Priester zu Füßen legend.) Dann trete ich in meine vorigen Rechte, und fordere, was er mir versprach.

Priester. Entweiche! Entweiche!

Belzebub. Wer wird nun erseßen, was ich um seinetwillen stahl?

Priester. Er wird erstatten, was er noch besizt, und mit Gebet denen lohnen, die er nicht bezahlen kann.

Belzebub. Wer wird stillen der geraubten Unschuld Thränen?

Priester. Seine Reue.

Belzebub.

Belzebub. Wer wird rächen der Ermor=
deten Blut?

Priester. Seine Buße.

Belzebub. Wer wird richten seine Seele?

Priester. Seine künftige Thaten.

Belzebub verschwand heulend, und Ru=
dolph sank tief gerührt zu seines Erlösers
Füssen hin! Er dankte ihm warm und auf=
richtig, gelobte ernstliche Besserung, und ließ
sich willig nach dem Kloster führen.   Man
nahm ihn mitleidsvoll auf, unterrichtete ihn
fleißig in den Mitteln zur Besserung, und
zeigte ihm den wahren Weg zur Seligkeit.

Der Abt wurde Verwalter seines großen,
weltlichen Vermögens, und erstattete gewis=
senhaft, was sich erstatten ließ.   Er selbst
reiste nach Worms zum Kaiser, der sich da=
mals dort aufhielt; erzählte ihm die schrekli=
che Geschichte Rudolphs, flehte um Gnade
für den Verbrecher, und erhielt sie mit dem
Bedinge; daß er durch strenge Buße, durch
gute Werke der Unschuld Thränen, und der

Er=

Ermordeten Blut versöhnen solte. Die aus-
gesprochene Reichsacht wurde aufgehoben,
und Rudolph wieder aufgenommen in die Gesellschaft freier Menschen. Um des Kaisers
Gebot sobald als möglich zu erfüllen, um
Ruhe zu schaffen den Ermordeten, verkaufte
der Abt alle Güter Rudolphs; aus der gelößten Summe solte den beleidigten Nonnen
eine neue Kirche erbaut werden, und sie ver-
ziehen Rudolphen im Voraus. Der heiligen Barbara zu Ehren solte nebenbei noch
ein Kloster gestiftet, und die geistlichen Bewohner desselben streng verbunden worden,
täglich ein de profundis zu singen, ein Amt
zu halten den Ermordeten zum Heil. Rudolph ward durch alles dies seiner Sünden
entbunden, aber von seinem Vermögen blieb
nichts übrig. Der lezte Heller wurde zu
gottseligen Handlungen bestimt.

Anfangs war sein Eifer thätig, seine Andacht anhaltend; er betete oft mit Inbrunst
zu Gott, den er so schreklich beleidigt, so oft
ver-

verkannt hatte. Priester und Laien erbauten
sich an seinem Wandel, und glaubten fest, daß
Rudolph noch einst ein Verkündiger der wun-
derbaren Leitung des Höchstens sein würde:
aber er wurde es selber nicht! Seine Seele
hing noch zu sehr an dem irdischen Vergnügen der Welt, die Begierden schliefen nur in
seinem Herzen, sie erwachten wieder, und
forderten heftig. Er stritt zwar anfangs
schwach dagegen; aber des Klosters ewiges
Einerlei, das tägliche Beten, das tägliche
Kasteien überwältigte bald seinen Entschluß,
zeitlebens darinn zu harren, zeitlebens Gott
zu dienen. Seine Reue war dann und wann,
aber selten, inniges Gefühl seiner Verbrechen
gewesen; im Ganzen genommen, war es aber
Nothreue; war Furcht, die er schon in der Welt
zu fühlen anfieng, wenn der Wein seinen Kopf
nicht benebelte. Die Ursache derselben war iezt
verschwunden. Belzebubs Kontrakt war vor
seinen Augen im Kloster feierlich verbrannt
worden. Er war wieder aufgenommen, in

Gottes

Gottes und der Menschen Bund. Er hatte nichts mehr zu fürchten, aber noch viel zu hoffen. Seine Jugend war zwar verblüht; aber er war noch nicht vierzig alt, und konte folglich noch wenigstens zwanzig Jahre genießen: Nicht Glanz, nicht Pracht, nicht Uippigkeit und Wollust war iezt seines Wunsches Ziel; sondern ein häusliches, ruhiges, zufriedenes Leben, am Arme einen schöner Gattin, im Zirkel treuer Freunde — dies war das Glük, das er sich immer träumend, immer wachend vorstellte. Sein Vorsaz war, in der Welt auch noch Gott zu dienen, nicht mehr zurük zu sinken ins vorige Lasterleben.

Als der angenehme Frühling iedes Herz öfnete, als die Bäume zu grünen anfiengen, die ganze Natur wieder auflebte, die Vögel im nahen Gebüsche sangen, oft vor seinem Fenster scherzten; und ihres Daseins sich freuten, da wurde dieser Reiz in ihm täglich stärker; er konte den Ruf der Freiheit nicht mehr länger widerstehen, er beschloß fortzuwandern aus dem Kloster, und

sich

sich mit der ganzen Natur zu freuen. Um
seine Wohlthäter nicht zu betrüben, verbarg
er seine wahre Absicht vor ihnen, nahm schon
wieder Zuflucht zur Heuchelei, zur Verstel=
lung wenigstens. Er nahte sich einst dem
Abte, und bat um Gehör. — "Schon ehe ich
noch so tief sank und fiel, sprach er, gelobte
ich ernstlich Gott, sein heiliges Grab zu Pa=
lästina zu besuchen, und an seiner Leidens=
stätte ihm mein Gebet zu opfern. Ich habe
dieses Gelübdes ganz vergessen, iezt beschwert
es mein Gewissen. Erlaube, Herr, daß ich,
bevor ich mich ganz dem Ewigen widme, und
ein neues Gelübde ablege, zuvor das alte erfül=
le. In drei Jahren kehre ich dann zurük,
bringe dir seinen Segen aus Palästina mit.„ —
Wahlfahrt nach Jerusalem war in da=
maligen Zeiten das verdienstlichste Werk des
Menschen. Der fromme Abt freute sich al=
so hoch über Rudolphs Entschluß. Ziehe
hin, mein Sohn, ziehe hin in Frieden, sprach
er zu ihm. Bleibe standhaft in deiner Reue,

in deiner Buße, und du wirst versöhnt zu=
rükkehren. Er gab ihm zwei Goldstükke!
Dieser, sagte er zu Rudolphen, bediene dich nur
in der höchsten Noth. Größeres Verdienst
hast du, wenn du auf deiner langen Reise
dich blos von Almosen nährst, und sie zu
Jerusalem dem Herrn opferst.

Froh, wie der Vogel, dem ein Ungefähr
die Thüre des Käfigs öfnet, trat Rudolph
zum erstenmal wieder zur Pforte des Klo=
sters hinaus. Er eilt schnell fort, um bald
dem Kerker zu entfliehen, in welchem er schon
durch vier Monden geschmachtet hatte. Wie
die Thürme desselben hinter seinen Rükken
schwanden, lagerte er sich am Ufer des Rheins.
Zu seinen Füßen walte leise der fischreiche
Fluß vorbei; vom sanften Westwinde gekräu=
selt, liebkoßte er iezt gleichsam nur das Ufer,
dem er sonst, wenn stürmender Süd= und
Westwind ihn peitschen, unheilbare Wunden
schlägt, und wüthend seine Feste zu unter=
tergraben sucht. Schaaren kleiner Fische
spielten

spielten in der Bucht, die er hier förmte,
scherzten im warmen Sonnenschein nahe an
der Oberfläche, und haschten begierig nach
jedem Blümchen, das Rudolphs Hand ihnen
zuwarf. Links öfnete sich seinem hungrigen
Auge eine weite Ebene, auf welcher Menschen und Thiere im bunten Gewühle durch-
einander, theils sich ihres Daseins freuten,
theils die Erde bauten, und am Joche zogen.
Hoch über ihm wirbelte die Lerche ihr Lied,
rings um ihn zwitscherten im nahen Gebü-
schen die andern Vögeln drein. Er lag da,
und genoß in ganzer Fülle; das Summen
der Mükke sogar war seinem Ohre Flötenge-
sang. Vollgesättigt mit dem Gefühle, das
die Natur allein gewähret, ergriff er seinen
Stab, und wanderte endlich weiter.

Aber bald ward sein Herz traurig, alles freute
sich, alles fand einen Freund, um ihn sein Vergnügen mittheilen zu können; nur er war allein;
mit ihm freute sich niemand, mit ihm trauer-
te keiner. Verlassen von allen Freunden; al-

lein

sein in der weiten Natur herum zu irren, keinen zu haben, zu dem man sagen kann: Freund! — Dies ist das schreklichste Loos des Menschen. Solch ein Wanderer fühlt iedes Ungemach, iedes Unglük doppelt; weil niemand ihn bedauert, oder wenigstens Mitleidsöl in seine Wunde gießt. Solch ein Sohn des Unglüks genießt gar keine Freude, weil er des einzigen Mittels, wodurch der Mensch Freude genießet, der Mittheilung beraubt ist; weil zu Hause niemand seiner harrt, dem er sein Gefühl aufbewahren, und in dessen Armen er einst wiederkehrend den Freudenbecher leeren kann. Er gleicht dem Baume, den man alle Aeste abhaut. Seine Wurzel ziehen vergebens Saft aus dem Erdboden; dieser quilt wieder aus den ofnen Wunden hervor, und rint ungenossen wieder am Stamme herab. Den nie dies Unglük traf, der kann es auch nicht fassen; über dem nie das Schiksal diese schrekliche Lage verhängte, der kann sie auch nicht richten.

Be

Beladen mit diesem Gefühle zog Rudolph gegen die Heerstrasse. Ihm drükte
nebenbei noch anderer Kummer. Er hatte
bis iezt gelebt in Wonne, war reich und mächtig gewesen. Ihm mangelte keine Bequem-
lichkeit, kein Mittel sich iede Beschwerlich-
keit zu erleichtern. Jezt war er arm, ganz
entblößt von allen, was Mühseligkeiten tragen hilft. Sein ganzer Reichthum bestund
in zwei Goldstükken; die er über dies noch
nicht angreifen solte. Ihn hungerte, und er
solte nun betteln. Schamröthe überzog sein
Gesicht, als er sich in der Stellung des Flehenden dachte. Wie wird es erst gehen, dachte er, wenn ich es wirklich bin? — Die Sonne wolte eben untergehen, als er sich einer
Hütte nahte, lange zögerte, endlich doch an-
klopfte. Ein Mädgen, reinlich und sauber,
aber arm und dürftig gekleidet, öfnete ihm
die Thüre. Sie war eben beschäftigt ihr lan-
ges Haar in Zöpfe zu flechten, und blieb in
dieser Beschäftigung vor ihm stehen. Ihr großes blaues Auge lächelte ihn gefällig an.

Mädgen. Guter Pilger, heischt ihr ein Nachtlager, so tretet herein. Für Speise und Trank wird meine Mutter schon sorgen.

Rudolph (reichte ihr stillschweigend die Hand.)

Mädgen (lächelnd.) Warum starrt euer Auge mich so an?

Rudolph. Ich bewundere in dir Gottes Almacht.

Mädgen. Ja, dem hab ich es wohl allein zu danken, daß ich so gesund und munter bin. Komt herein, ihr seid müde, und das Stehen ist dem Müden eine Last.

Rudolph (trat in die Hüte, welche eben so dürftig, aber eben so reinlich, wie ihre Bewohner aussah.)

Mädgen. Nun so sezt euch doch!

Rudolph (stand in ihrem Anblik verloren.)

Mädgen (lächelnd.) Gottes Almacht muß groß in mir sein, weil ihr sie immer noch betrachtet.

Ru

Rudolph. Mädchen, du bist schön.

Mädchen. Des Nachbars Söhne sagen
es mir auch immer; nur Schade, daß ich
es zu ihnen nicht auch sagen kann.

Rudolph. Ich wünsche dir einen Mann,
der deine Schönheit zu schätzen weiß.

Mädchen. Lohn euch Gott den Wunsch!
(die Alte trat nun ins Gemach). Mutter!
Ich habe einen Gast geladen; ich hoffe, es
soll euch wilkommen sein!

Alte. Herzlich wilkommen! Wo komt ihr
her, ehrwürdiger Pilger?

Rudolph. Ich will Gelübdes halber nach
Palästina ziehen!

Alte. Stärke euch Gott auf dem langen
Wege! Viele ziehen dahin, und wenig kehren heim! Mein Mann haust nun auch
zwölf Jahre dort. Er zog mit des Kaisers
Völkern hin. Soltet ihr ihn dort treffen,
so grüßt ihn, und sagt ihm nur, daß es seinem Weibe übelgeht; daß sie sehnlich nach
ihm verlangt! O trauter Herr, wäre das

Mäd-

Mädchen hier nicht, ich wäre schon längst Hungers gestorben.

Rudolph. Mutter! Ihr seid glüklich, daß ihr eine solche Tochter habt.

Alte. Ist nicht einmal mein eignes Kind. Ich nahm sie zu mir, als ihre Mutter in der Nachbarschaft vor zehn Jahren starb: ich erzog sie, und iezt lohnt sie meine Mühe doppelt.

Rudolph. Ihr seid wohl sehr arm?

Alte. Nun so ganz arm eben nicht. Ich habe diese Hütte, zwei Ziegen, und drei Schafe. Wenn ich nicht alt und schwach wäre, so könte ich mich immer noch ernähren. Iezt arbeitet meine Agnes für mich.

Rudolph. (schaudernd) Agnes?

Alte. Warum erschrekt ihr so?

Rudolph. (sich faßend) Ich kante einst auch eine Agnes.

Alte. Ja, guter Gott, es giebt der Agnesen noch viele in der Welt; aber sicher wenige, die der meinigen gleichen.

Unter diesen und ähnlichen Gesprächen
bereiteten die Bewohner der Hütte das Maal.
Rudolph, der noch nie in einer Hütte ge=
speist, nie da sich gelägert hatte, zog die
Reizze der ländlichen Anmuth mit vollen
Zügen in sich. Seinem Herzen ward wieder
wohl; Freude zitterte in seiner Seele, und
wenn sein Auge auf den schönen Mädchen ruhte,
da ergriffen ihn unbekante Gefühle. Er saß
beim Maale an ihrer Seite; aß mit ihr aus
einem Gefäße die Milch, die ihre Hände zu=
bereitet hatten; und wie er sie einst, in Won=
ne verlohren, fragte: Ob sie einen Mann,
wie er sei, wohl lieben könne? so antwor=
tete sie treuherzig: Ja! und fügte noch hin=
zu: Er sei unter allen, die sie gesehen, der=
jenige, der ihr am meisten behage. Wenn
ihr, fuhr sie fort, die lange Kutte auszieht,
und euer schönes Haar in Lokken kämt, so
müßt ihr statlich aussehen, und einem Ritter
gleichen. Bis tief in die Nacht schwazte er
mit ihr, und fühlte, als er sie endlich ver=

ließ,

ließ, und auf dem Strohlager Ruhe suchte,
daß er tief in Liebe versunken sei. Er schwärm-
te die ganze Nacht durch in Plänen mancher
Art herum. Hätte ich, dachte er, nur fünf
hundert Goldstükke, ich heurathete dies Mädchen, zöge mit ihr in ein fremdes Land, und
lebte glüklich. Wie er früh, mit dieser Gedanken voll, seinen Stab ergrif, und die
Abschiedshand ihr reichte, da weinte sie.

Rudolph. Warum weinst du, Holde?

Agnes. Weil ich euch wohl nie mehr,
und doch so gerne wieder sehen möchte!

Rudolph. (durch dieses Geständniß ganz
hingerissen) Du sollst, du wirst mich wieder
sehen!

Agnes. (noch immer weinend) So müßt
ihr bald kommen; denn in zwei Monden will
mich meine Mutter an Nachbars Petern
verheurathen!

Rudolph. Das thut nicht, Alte, thut es
nicht! Hart, bis ich wieder komme!

Er

Er drükte ihr die zwei Goldstükke in die
Hand, und ging schnell fort, sonst wär er
nie mehr fort gegangen, und mußte doch zuvor einenEntschluß fassen, mußteAnstalt treffen,
ehe er sich entschloß. Wie er die kleine Anhöhe hinter der Hütte erstiegen hatte, wandte
er sich um. Agnes stund noch vor der Thüre, und winkte ihm ein Lebewohl, eine bal-
dige Wiederkehr zu. Rudolph warf sich in
das junge Gras, und ging nun mit seinem
Herzen, mit seinem Verstande zu Rathe. Mit
dem ersten vollendete er bald. Des Mädchens Bild hatte es ganz gefült; sie zu be-
sizzen war der einzige Wunsch desselben, und
sie zu heurathen wurde beschlossen. Mit dem
Verstande ging es nicht so schnell. Heurathen,
sagte dieser, kanst du sie wohl; dawider wird
auch selbst dein Gewissen nichts einwenden;
aber wie wilst du sie und dich ernähren? Wilst
du arbeiten mit ihr? — Ja! sagte sein Herz
schnell. — Kanst du aber auch arbeiten? fragt
er sich selbst. Wird ungewohnte Last dich nicht
bald

bald zu Boden drükken? Dir nicht ieden dei=
ner Tage vergällen? Jede deiner Freuden
verbittern? Wirst du glüklich sein, wenn du
ermattet, und schweißtriefend nach Hause eilst,
und deine Gattin unter einer schweren Bürde
winselnd antrifst? Wenn du ihr oft den lieb=
sten Wunsch versagen mußt, weil du kein
Vermögen hast, ihn zu erfüllen? Wilst du
sie blos genießen? Ihr das einzige, was sie
besizt, ihre Unschuld rauben, und wieder
hinsinken in das Sündenleben, aus dem nur
ein Wunder dich rettete?

Darwider empörte sich sein Gewissen, und
sogar sein Herz. Er liebte das Mädchen auf
eine Art, wie er noch nie geliebt hatte; wol=
te sie glüklich machen, mit ihr glüklich sein,
in ihren Armen leben und sterben. Wilst du,
fuhr sein Verstand fort, wieder umkehren,
deinen Zustand dem Abte entdekken, und ihn
bitten, daß er einen Thurm weniger baue,
dir von deinem Vermögen so viel herausgebe,
daß du dich und dein Mädchen ernähren kanst?
Aber

Aber der Unempfindliche wird es nicht thun, wird dich der Welt nicht mehr schenken, da er dich schon dem Himmel gewidmet hat. Er wird Rükfall besorgen, und dich einkerkern in eine Zelle, aus der keine Erlösung zu hoffen ist. Wilst du, endete er endlich, nur diesmal, nur dies einzigemal deinen Freund Peter rufen, ihm befehlen, daß er irgend eines heidnischen Regentens Schäzkammer leere, und dir Gold auf Zeitlebens genug bringe? Gute Werke können dann diese Sünde leicht tilgen; — wenn es anders Sünde ist, einem Ungläubigen seinen Uiberfluß zu rauben, ihn dadurch zu verhindern, daß er nicht die Christen verfolge?,,

Gegen diesen Vorschlag, dem sein Herz gleich billigte, sezte sich sein Gewissen emsig, und Rudolph beschlos im Fortwandern nach andern Mitteln zu ringen. Mehr aus Ohngefähr als aus Absicht trug er noch immer das Ränzchen bei sich. Es lag die ganze Zeit, nicht geachtet von ihm, in einem Win-

kel

fel der Zelle. Als er nun auszog, fand er
es zur Reise bequem, und steste allerhand
nothwendige Dinge hinein. Warum er es
zuvor, und ob wirklich auch aus Ohngefähr
nicht leerte, kan ich nicht sagen. Genug, er
hatte das Ränzchen und in demselben das
Buch noch. Wie er so die Haide hinabwan-
dette, untersuchte er im Gehen das Ränzchen, fühlte: ob das Buch noch darinne sei?
Er zog es heraus, besah es; und auf einmal fiel ihm ein, daß solches, rechts aufgeschlagen, Euphrosinens Mutter erscheinen mache.
Immer hatte sie ihm Gutes gerathen; er
bedurfte Rath, und selbst sein Gewissen stimte
bei, daß er ohne Verlezzung seines Gelübdes ihren Rath hören könne. Zitternd wolte
er es schon öfnen, als sein Herz ihm Stillstand
gebot; als es ihn erinnerte an alles das Ungemach, welches diese Frau über sein Haupt ver-
sammelt hatte. "Sie gleicht dem Abte, rief
es, der alles Vergnügen verbietet, und nur
Kasteiung befiehlt." — Sein Gedächtnis mahlte
ihm

ihm nun alle die Szenen der Vergangenheit
vor, und er stekte sein Buch wieder ein.

Hunger trieb ihn endlich vorwärts; er irte
in einen Walde umher, konte keinen Ausgang finden, und die Nacht überfiel ihn, ohne daß er gegessen, oder seine durstende Zunge mit einem Trunke gelabet hätte. Er lagerte sich unter einen Baum. Zu große
Müdigkeit ließ ihn nicht ruhen, und Hunger
quälte ihn noch stärker. Der Abt selbst,
dachte er endlich, kan mir es in diesen Um-
ständen nicht verdenken, wenn ich meine Zuflucht zu dem einzigen nach übrigen Mittel
nehme. Er zog schnell sein Buch heraus,
und schlug es links auf. Peter stand sogleich
vor ihm, reichte ihm einen Stab und verschwand, ehe Rudolph mit ihm sprechen konte. Dieser errieth sogleich, was Peter damit sagen wolte. Der Stab war, der Form
und dem Zeichen nach, ihm nur noch alzugut
bekant. Er warf ihn unwillig von sich, lagerte sich wieder, und der Schlaf überwand
endlich doch den Hunger.   Als

Als er früh erwachte, suchte er emsig
einen Ausgang, aber er gerieth immer tiefer
ins Dikicht, sank endlich aus Mattigkeit
nieder. Sterben, eben iezt zu sterben, da
er die schöne Agnes gesehen hatte; da er mit
ihr so glüklich zu leben wähnte; da sie seiner
harrte, dies war seinem Herzen zuviel. Sein
Seelen = Entschluß unterlag der Forderung
des Körpers. Kaum war er vermögend das
Buch noch einmal wieder zu fassen, und auf=
zuschlagen. Peter kam, legte wieder den
Stab zu seinen Füssen und verschwand. Un=
barmherziger, nur einen Trunk Wasser will
ich! rief Rudolph ihm nach; aber Peter hör=
te ihn nicht mehr, und kam nicht wieder.
Verzweiflungsvoll ergrif endlich Rudolph den
Stab; zögerte lange noch, ehe er die Be=
schwörung vollendete. Belzebub stand, wie
das vorigemal, vor ihm.

"Wilst du mich wieder äffen? sagte er.

Rudolph. Labe mich erst, ehe ich weiter
mit dir rede.

Belze=

Belzebub. Fuchs! Ich traue dir nicht
mehr. In der höchsten Noth bin ich nur
deine Zuflucht. Erlaube mir also, daß ich
mich gleicher Strenge bediene. Ehe du nicht
unterschreibst, ehe leiste ich dir auch nicht
den geringsten Dienst.

Rudolph. So geschehe, was da wolle,
ich unterschreibe nicht.

Belzebub. So will ich nachgeben! Sieh,
ich könte mit Recht die Erneuerung des alten
Kontrakts fordern; aber weil du doch wieder
zu mir kehrest, so gebe ich dir aufs neue
zwölf Jahre Frist.

Rudolph. Ich kan nicht! Ich kan nicht!

Belzebub. Ich gebe dir zwanzig, ich gebe
dir dreißig Jahr; dies ist das höchste Alter,
das du erreichen kanst, und immer ist es noch
ungewiß, ob du mir nicht im lezten Monat
wieder entwischest.

Der geängstigte Rudolph unter=
schrieb endlich. Belzebub verschwand. Eine
Tafel, herlich und prächtig gedekt, stand in

eben

eben dem Augenblikke vor Rudolphen; der
nun wieder äußerſt dienſtfertige Peter kre=
denzte ihn. Rudolph ließ ſich es herlich
ſchmekken, und gieng, als er ſatt war, auf
das neue mit ſeinem Verſtande zu Rathe.
Du haſt wieder unterſchrieben; biſt wieder
des Satans Bundgenoſſe; dachte er: aber
dreißig Jahre ſind eine lange Friſt. Bis
dahin wird, und kan ſich viel ändern. Dem
alten lebenſatten Mann iſt das Kloſter nicht
mehr fürchterlich; iſt es ſogar Ruhe für ſeinen
Körper! Ehe dieſe Zeit verſtreicht, ziehe ich
dahin, thue ernſtlich Buſſe, und ſterbe lebens=
ſatt und doch ſelig. Auch will ich mein Ge=
wiſſen die Zeit über nicht mit Miſſethaten
belaſten; ich will mir von Petern blos Gold
bringen laſſen; will ihn dann verabſchieden,
mein Mädchen heurathen, mit ihr im häus=
lichen Glük frohe Tage genießen, und da=
durch ſchon Verdienſte ſammeln.„ — Sein Ge=
wiſſen ſtimte dieſem Entſchlus bei, und ſein
Herz billigte ihn ganz.

   Rudolph. Peter!   Peter.

Peter. Wohl mir, Herr, daß ich deine Stimme höre. Was befiehlst du?

Rudolph. Ziehe eilends nach Indien, bringe mir aus der Schazkammer des Kaliphen zehn tausend Goldstükke.

Peter. Soll ich nicht zuvor Pferde bringen?

Rudolph. Damit du den Eigenthümer derselben in meinen Namen und auf meine Verantwortung wieder tödten köntest! Mit nichten! Erfülle du nur meinen Befehl, vor das übrige laß mich sorgen.

Peter. Als ob nicht auch an der Schazkammer des Kaliphen Wächter stünden?

Rudolph. Die du überlisten, betrügen kanst, aber nicht tödten darfst. Besorge iezt deinen Auftrag, denn ich habe Eile.

Peter verschwand, und stand bald mit dem geforderten Golde vor seinen Herrn.

Peter. Wo soll ich es nun hinpakken? Siehst du, wie nöthig dir Pferde sind!

Ru-

Rudolph. Trage mir es nach, und führe mich aus dem Walde!

Peter. Du machst mich zu deinem Last-
thiere; aber ächte Treue verläßt ihren Herrn
nicht.

Er führte ihn vorwärts, und Rudolph
sah zu seinen Erstaunen, daß der Wald sich
hundert Schritte weiter schon endigte; daß
Hütten rings umher lagen, und daß er,
wenn er standhaft vorgedrungen, gerettet worden wäre, ohne aufs neue Brizebubs Eigenthum zu werden.

Er kaufte sich nun zwei Pferde, nahm einen
Knecht in Sold, und verabschiedete Petern.
Solte ich dich wieder brauchen, sprach er: so
werde ich dich schon rufen. Doch kanst
du dich immer nach einen neuen Herrn um-
sehen; denn in meinem Dienste allein würde
dich Langeweile martern.,, — Rudolph nahm
seinen Weg nach der nächsten Stadt; dort
vertauschte er die Pilgerkutte mit ehrbarer
Rittertracht. Als er eben rückwärts zu seiner

Agnese

Agnese kehren wolte, trat in der nemlichen
Herberge ein thüringischer Ritter ab. Er
bot öffentlich seine Land und Feste feil; denn
er wolte dem Vergnügen, nach Paläſtina zu
ziehen, sein väterliches Erbe aufopfern. Rudolph, welcher suchte, was iener los zu sein
sich mühte, traf Abrede mit ihm, und versprach binnen Monatsfriſt in des Ritters
Heimath zu kommen, und fände er die Feste
seinen Wünschen gemäß, Käufer derselben
zu werden. Indem er sich schon unterwegs sein
künftiges Glük träumte, fiel es auf einmal
seinem Stolze ein: daß Agnese nicht aus
adelichen Blut stammte, keine Ahnen zähle, und
auch so die Seinigen nicht vermehren würde.
Aber bald überwänd sein Herz diese Ein-
würfe. Ihm war es um Ruhe zu thun; ihm ge-
lüstete iezt nach stillen, friedlichen Glükke. Der
Sturm seiner Leidenschaft, der ihn sonst so
hoch hob, hatte sich gelegt, er wolte blos
genießen; den Genuß nur mit derienigen zu
theilen, die ihn wieder vermehren konte; und

im

im Zirkel des Adels, im Prunke der Ritterschaft, endete er, finde ich keine, die meiner Agnese gleicht.,,

Sein Herz beschäftigte sich iezt ganz mit ihr;
er sah sie vor sich stehen, mit dem liebevollen
Blikke, mit welchen sie ihn als Pilger empfing.
Er sah sie vor sich stehen mit niedergeschlagenem
weinendem Auge, wie er von ihr Abschied nahm.
Gutes, edles Mädchen, dachte er, du wirst
meiner harren, aber nicht wähnen, daß ich
dir so nahe sei! — Wie er die Anhöhe, auf
welcher er vor kurzen Rath mit sich hielt,
von ferne liegen sah, spornte er mächtig sein
Roß, und erlagte sie bald. Doch schreklich war
ter Anblik, der sich nun seinem Auge dar-
stelte. Die weite lange Ebne überzog ein dikker
Feuerrauch; hier und da blikten die Brand-
stellen iener ehemals friedlichen Hütten durch,
und wenn manchmal der Wind den Rauch hob,
so sah er einzelne Bewohner vor denselben
stehen, und iammernd ihre Hände ringen.
Eben dieser Wind führte dann ihr Klagge-
schrei

schrei an seinem horchenden Ohre vorüber.
Im Fluge war er unten, suchte Agnesens
Hütte; sein Herz fand bald den Platz, auf
welchen sie ehemals stand; aber auch sie
hatte das Feuer verzehrt; unfern davon lag
Agnesens Mutter erschlagen; ihre Wunden
bluteten noch, und der Rauch ihres Blutes
vermischte sich mit dem Feuerrauche, um sich
hinaufzuschwingen, und dort Rache zu fordern über die Thäter. Lange mühte er sich
vergebens die Ursache dieser schreklichen Be-
gebenheit zu erfahren. Uiberall fand er neue
Leichen, aber die noch lebenden Bewohner
flohen, wenn er sich ihnen nahen wolte, und
verdoppelten ihr Angstgeschrei. Endlich ergrif er einen Greis, dessen Alter ihn schnell
zu fliehen hinderte.

Rudolph. Höre mich, guter Greis, ich
komme nicht euch zu tödten; ich will gerne
helfen, wenn Hülfe möglich ist.

Greis. O wenn ihr nicht in der Ge-
selschaft der Unmenschen lebt; wen ihr ein

ehr-

ehrlicher Ritter seid , so lohne euch Gott
euer Versprechen.

Rudolph. Sprecht nur, was ist geschehen? Wer hat die Unthat verübt?

Greis. Räuber, edler Herr, Räuber!
Schon lange treiben sie ihr Wesen im Main-
zerforste, und quälen die Nachbarschaft. Vor
einigen Stunden überfielen sie uns! Raubten
all unsre Habe, all unser Vieh. Sie steften
unsre Hütten in Brand, und schlugen tod,
wen sie trafen, schleppten auch einige mit
sich fort. Wenige sind ihren Händen und
Schwerdtern entronnen.

Rudolph. Kanst du mir nicht Auskunft
geben , wohin das Mädchen floh, deren
Mutter dort oben an der Strase in der einzelnen Hütte wohnte?

Greis. Nante man dies Mädchen nicht
Agnes ?

Rudolph. Recht, so nante man sie.

Greis. Ihr Schiksal ist mir nicht bekant;
vielleicht haben die Räuber sie erschlagen,

Petermännchen II. Th.   O   oder

oder noch wahrscheinlicher sie mit sich fortge=
schlept; denn ich sah es deutlich, wie ich vom
Akker herin eilte, daß sie viele unsrer Töch=
ter zusammenkuppelten, und gleich dem Vieh
vor sich hertrieben. O Herr! Agnes war ein
schönes Mädchen, und ihre Mutter eine bra=
ve Frau. Ich war ihr nächster Nachbar.
Neulich kehrte ein vornehmer Pilger bei ihr
ein, und reichte ihr beim Abschiede zwei
Goldstükke. Ihre Freude darüber war groß,
sie kaufte sich ein Rind, und lud mich ein,
die erste Milch davon zu kosten. Mit Segens=
wünschen über den unbekanten Wohlthäter
verzehrten wir sie. Jezt haben die Räuber
ihr wohl Rind und Kind geraubt. Vielleicht
eilt sie, mir gleich, überall hin, und sucht
nur das leztere.

Rudolph war dem Alten oft in die Rede
gefallen; aber seine Geschwäzzigkeit, mit wel=
cher er seinem geängstigten Herzen Luft zu ma=
chen suchte, war nicht zu hindern. Rudolph
dankte Gott, daß er endlich endete; ihm
bangte

bangte für den Schiksale seiner Agnes; dieses zu erforschen, war seine einzige Absicht. Auf sein Bitten verfammelte der Greis noch mehrere Bewohner um ihn herum. Drei derselben sagten einstimmig aus, daß sie Agnesen unter der Zahl der Fortgeschleppten erkant hätten. Rudolph erschrak über diese Nachricht äußerst. Sein Mädchen zu retten, sie den wollüstigen Räubern so geschwind als möglich zu entreissen, war iezt sein Ziel, sein einziger Wunsch. Er warf eine Menge Goldstükke unter die Anwesenden, und iagte von ihrem Segenszuruf begleitet in das Freie. Er hatte und kante kein anderes Mittel, als Petern zu rufen. Dieser stand sogleich vor ihm.

"So geht es, — sagte er, als er von Rudolphen alles erfahren hatte, — so geht es, wenn man eines alten Dieners zu entbehren glaubt, absichtlich alles vor ihm verschweigt, und ihn in andre Dienste schikt. Des Müssiggehens nicht gewohnt, trat ich heute früh in Dienste des Räuber ≠ Hauptmans, und half das

D 2   Unter≠

Unternehmen ausführen. Unterblieben wäre
es, wenn du mich nicht verstoßen hättest;
deinem Mädchen wäre viel Angst, und dir
noch mehr Kummer erspart worden.

Rudolph. Wie? Du hättest den Jammer angerichtet? Du hättest die Unschuldi-
gen geraubt? Die Alten erschlagen? Weiche
von mir! Ich will nie wieder Gemeinschaft
mit dir haben.

Peter. Wie dir es beliebt! Aber so viel
muß ich dir doch sagen: daß dein Mädchen
dem Hauptmanne sehr behagt. Er hat ihr
Zeit bis morgen früh gegeben; besint sie sich
eines Bessern, wohl und gut! Verschmäht
sie seine Liebe, so raubt er mit Gewalt, was
sie ihm verweigert. Lebe wohl!

Rudolph. Ha, Verräther! Rette sie, und
bringe sie den Augenblik hieher!

Peter. Das kan ich nicht. Ich kan nicht
einreissen, was ich selbst baute; ich kan dir
in diesem Falle, unsrer alten Bekantschaft
wegen, nur rathen, nicht helfen. Aber du

rettest

retteſt ſie ſicher, wenn du bis in die Nacht hier harreſt. Agneſe liegt mitten im Walde in einer Höhle! Felſen bedekken dieſe Leztere, und ſpalten ſich im Hintergrunde ſo ſtark, daß ein Mann in der Kluft hinabſteigen, und bis an die Höhle ſelbſt dringen kan. Wenn es Nacht iſt, und die Räuber entweder ſchlafen, oder auf neuen Raub ziehen, will ich dich holen, und ſicher zur Kluft geleiten. Rette dann ſelbſt deine Holde, du wirſt ihre Liebe zu dir dadurch um ein großes mehren. Ich will dich an der Kluft erwarten, und dann ſchon für ſicheres Fortkommen ſorgen.

Rudolph. Aber ſtehſt du bis dahin für Agneſens Sicherheit, für ihr Leben?

Peter. Ich ſtehe für beides.

Rudolph. So eile dahin; am Abend wirſt du mich hier finden.

Peter. Soll ich noch ferner den Räubern dienen, oder andern Dienſt ſuchen?

Rudolph. Keines von beiden; du ſolſt blos meines Winkes harren!

Der

Der längste Tag, den Rudolph se durchlebt hatte, neigte sich endlich seinem Ende.
Rudolphs Begierde nach seines Mädchens
Rettung hatte ihn verhindert, Speise und
Trank zu suchen; er fühlte diese Bedürfnisse
nicht einmal; er blikte immer nach der Sonne, und wunderte sich oft selbst, wie es
möglich sei, daß ein Tag sich zum Jahr verlängern könne. Die so sehnlich erwartete
Nacht brach endlich an, und Rudolphs Un-
geduld vermehrte sich noch stärker, weil Peter so lange zögerte. Endlich kam er, geleitete seinen Herrn zur Felsen-Kluft, und
dieser stieg eilends hinab. Er mußte Berg
auf Berg ab kriechen, ehe er die Höhle erreichte. Der dunkle Schein einer Lampe
schimmerte vor seinem Auge. Er suchte ihr
näher zu kommen, und fand endlich seine
Agnese. Mit gelößten Haaren lag sie weinend auf ihren Knien, und flehte um Rettung. Erschrokken fuhr sie auf, als sie Rudol-
phens Gestalt erblikte. Sie floh eilfertig
nach

nach einem Winkel, ergrif mit ihrer Rechten einen schweren Stein.

Agnese. Unglüklicher, trit nicht näher, wenn du nicht des Todes sein wilst.

Rudolph. (leise) Agnes, meine Agnes! Kenst du den Pilger nicht mehr, der wieder-zukehren versprach? Dich in deiner Heimath nicht fand, und lezt durch Felsen dringt, um dich zu retten?

Agnes. (der Stein entfiel ihrer Hand) Ich kenne deine Stimme! — Und du? Du auch unter den Räubern? Du vielleicht ihr Mitgeselle?

Rudolph. Keines von beiden! Reiche mir getrost deine Hand! Ich will dir die Freiheit wiederschenken, und dir dann die Wahl lassen: ob du mit deinem Erretter weiter ziehen wilst.

Agnes. Ein solch Gesicht kan nicht lügen; ich folge dir getrost!

Rudolph ergrif mit der Rechten ihre Hand, mit der Linken die Lampe, und führte

sein

sein Mädchen fort. Sie erstiegen glüklich die
Felsen, und kamen zu Petern. Führe uns
weiter, sagte Rudolph zu ihm. Er ging
voraus, sie folgten stilschweigend; denn beide
sprachen nur durch das Gefühl miteinander.
Wie sie des Waldes Ende erreicht hatten,
fanden sie drei bereitstehende Rosse. Agnes
vermochte nicht weiter zu gehn, und dankte
ihrem Rudolph für diese Vorsorge. Sie sind
gestohlen! flüsterte der rüstige Peter seinen
Herrn ins Ohr.

Rudolph, (nur mit seiner Agnese be=
schäftigt) Immerhin!

Peter. Ich habe den Eigenthümer der=
selben getödtet.

Rudolph. Schweig!

Peter. Soll ich dir sichtbar folgen?

Rudolph. Du sollst!

Denn er besorgte noch Gefahr, und wolte
Agnesen nicht wieder verlieren. — Als der Tag
anbrach, erreichten sie die Stadt, aus wel=
cher er vor kurzen ausgezogen war. Er sagte
seine

seine Agnese in der Herberge, und ließ an-
ständige Kleider für sie verfertigen. Er erzählte ihr dann, daß er zwar ein Ritter sei,
sie aber doch ehelichen würde, wenn sie mit
nach dem thüringer Lande ziehen, und dort
auf einer angenehmen Feste häusliches Glük
genießen wolle. Agnese, die in der Hütte
erzogen, den Abstand zwischen Rittern
und ihr nie kennen lernte, willigte in alles.
Sie liebte Rudolphen, denn er war der
schönste Mann, den sie gesehen hatte; auch
sprach ihr Herz laut für ihn, und kettete sich
mit Sehnsucht an ihn. Ihre Mutter war
todt; sie hatte auf der weiten Welt keinen
Freund, keinen Beschützer mehr, und war,
auch von dieser Seite betrachtet, herzlich froh,
daß Rudolph ihr beides, und noch mehr als
dies werden wolte. Laßt mich, sagte sie
schmeichelnd zu ihm, meine Armuth, mein
Unglük nur nie entgelten, und ich will euch
gewiß dafür mit Liebe lohnen; will euch als
Vater und Wohlthäter ehren, als Gatte immer
mit gleicher Zärtlichkeit umarmen.

Dem ausgelernten Wollüstlinge wäre es ein leichtes gewesen, dies unbefangene, ganz von der Natur erzogene Mädchen, um ihre Unschuld zu betrügen; aber er wolte nicht mehr schwelgen; er hatte sich nun einmal häusliches Glük in ihren Armen versprochen, er wolte es auch suchen. Ehrfurchtsvolle, bescheidene Liebe erfülte sein Herz gegen sie; ihm war so wohl in ihrem Umgange; er fühlte sich so innig froh in ihren Armen, daß er nicht mehr foderte, und sich bei diesem Glükke selig pries. Er verabschiedete daher auch Petern, damit dieser seine Absicht nicht erfahren, und ihn etwan abhalten könte, seine Agnese zu ehlichen.

Den andern Morgen ging er aus, einen Priester zu suchen, der sie mit ihm auf ewig verbinden solte. Er fand ihn bald, und machte ihm so dringende Vorstellungen, daß er jede Schwierigkeit überwand, und noch am nemlichen Tage durch ihm mit seiner Agnese eingesegnet wurde. Liebevoll und

dank=

dankbar sank sie als Weib in seine Arme, und
Rudolph glaubte sich unerreichbar glüklich.

Er zog nun aus mit ihr, und langte
glüklich in Thüringen an. Die Feste
behagte ihm sehr; denn sie lag seinem
Wunsche gemäß, einsam auf einer Anhöhe,
und beschirmte rings umher ihre Unterthanen,
die unter ihrem Schirme ruhig ihr Land bauten,
friedlich ihre Heerden weideten. Agnesens
Freude vergrößerte noch die seinige. Sie
eilte, einen iungen Reh gleich, durch die
Gemächer, fand alles schön, umarmte ent-
zükt ihren Gatten, und fand bald neuen
Stof zur Bewunderung. Rudolph bezahlte
also willig die gefodrte Summe, und wurde
von Insassen und Knechten gehuldigt. Er
lebte zwei Monden ruhig und glüklich. So
hatte er noch nie gelebt, so noch nie des
menschlichen Lebens genossen! Seine Freuden
waren froh und unschuldig, denn Agnes
war immer die Urheberin derselben. Sie
war seine unzertrennliche Begleiterin, sie zog
mit

mit ihm auf die Jagd, und fächelte ihm
Kühlung zu, wenn er sich müde geritten
hatte. Bald nachher wurde Agnese auf einmal traurig. Ihre Munterkeit verlohr sich,
ihre Wangen blaßten; sie ging in tiefen Gedanken umher, und fuhr erschrokken auf,
wenn Rudolph sie daraus wekte. Er forsch-
te sorgfältig nach der Ursache, aber Agnese
schwieg, und suchte ihn durch erzwungene
Liebkosungen zu beruhigen. Als sie einst
spät Abends noch beim Male saßen, Rudolph nun mit ihr in das Schlafgemach gehen wolte, zitterte, bebte sie, und bat ihn,
noch länger zu bleiben. Er führte sie fort,
drang aber auf die Ursache dieser seltsamen Bitte.
Sie erzählte ihm endlich voller Angst und
Schrekken, daß schon seit einiger Zeit, wenn
sie in seinem Arme ruhe, eine weisse Gestalt sich dem Lager nahe, sie wekke, ihr
bald drohe, bald schmeichle, und mit ihr
fortzugehen winke.

Ru-

Rudolph. Haſt du die Geſtalt nie ange-
redet?

Agneſe. Nie! Furcht raubte mir immer
die Sprache. Einigemal wolte ich dich wekken, aber ſie drohte mir fürchterlich, und
winkte mir bald darauf wieder freundlich.

Rudolph. Wenn ſie wieder erſcheint, ſo
wekke mich; damit du ruhig ſchläfſt, will ich
heute wachen.

Kaum hatte Rudolph das lezte Wort
ausgeſprochen, als ein fürchterlicher Schlag
an die Thüre geſchah. Agneſe verbarg ſich
zitternd an ſeiner Bruſt, die Thüre öfnete
ſich. Die weiße Geſtalt, mit ſchwarzen
Trauerſchleifen behangen, gleitete vorüber.
Rudolph, rief ſie jammernd; Rudolph rette
dich, ſonſt biſt du verloren! Er ſtand ver-
ſteinert da, er erkante in dieſer Geſtalt ſeine
ehemalige Agneſe. In dieſem Gewande lag
ſie blutend vor ihm am Hochgerichte, als er
ſie vergebens zu retten eilte. Noch hatte er
nicht ſein Beſinnungskraft geſamelt, als an-

dere

dere Gestalten Hand in Hand erschienen. Er
erkante in ihnen, Klaren, Euphrosinen und
Johannen. Die Stunde ist da, riefen sie
ihm in Verschwinden einstimmig zu! Die
Stunde ist da! Fliehe! Fliehe! O fliehe!
— Die Stunde ist da? wiederholte Rudolph langsam, durchlief mit schnellem Bli-
ke seine Lebensbahn, und schauderte hoch empor, als ihm eben einfiel, daß er heute vor
zwölf Jahren in der nämlichen Stunde mit
dem Satan seinen ersten Bund geschlossen
hatte. Die ohnmächtige Agnese gleitete zu
seinen Füssen herab, und er sank rükwärts
aufs Lager. Er haschte nach Licht, wolte
Petern rufen, aber bald entsank das Buch
seinen Händen, als es um und neben ihm
von innen und außen zu stürmen anfieng.
Dikke, undurchdringbare Finsterniß umgab
ihn, umsonst starte er nach dem Fenster.
Es war vor seinem Auge verschwunden. Auf
einmal schwand diese Finsterniß. Es schien
Feuer zu regnen. Fenster und Thüren sprangen

gen auf, der Boden bebte, Feuer floß an den
Wänden herum, und Ungeheuer mancher Art
blökten aus demselben hervor. Ein heftiger
Knall erschütterte nun die ganze Feste. Belzebub stand im Feuermaße gekleidet vor ihm.
Eine große Zahl Diener in eben den Stof
gekleidet, folgten, und Peter, der einen alten Ritter gleich geharnischt war, schloß den
Zug.

Belzebub (zu Rudolphen.) Bist du bereit?

Rudolph. Ich? Wie? Noch ist kein
Jahr verflossen; und du gewährtest mir dreißig?

Belzebub. Ich betrog dich, wie du mich
betrogst! Du hast den alten Kontrakt erneuert.
Lies, und verstume. Die Stunde ist da;
ich komme dich abzuholen!

Rudolph. Schreklich! Schreklich! Solch
ein Betrug kann nicht gelten. Ich habe ab-
gebüßt meine vorige Schuld!

Bel-

Belzebub. Du lügst! Kläger tritt auf!
Was hat Rudolph verbrochen? Wie viel hat
er unschuldige Mädgen verführt?

Peter (trat hervor, und pflanzte seinen
Speer vor ihm hin.) Sechs Mädgen
hat er verführt, und mit der siebenten lebt
er noch in der sündhaftesten Ehe.

Belzebub. Nenne die Verführten, und
sage, wie sie starben!

Peter. Regina hieß die erste! Er raubte
sie ihrem Vater, und sie raubte sich aus Verzweiflung über den Verlust ihrer Tugend das
Leben. Ich fachte die Verzweiflung noch
mehr unter Freundes Gestalt an, und gab
ihr selbst den Dolch in die Hand.

Belzebub. Wohlgethan! Erzähle weiter!

Peter. Agnese hieß die zweite; er brach
mit ihr die Ehe, zeugte mit ihr einen Ba-
starten, und sie mußte auf der Schaffot sterben. Klaren tödtete der Kummer! Euphrosinen die Verzweiflung; mit ihr starb noch un-
gebohren ein Kind, dessen Vater er nicht sein
wolte.

wolte. Johanna vollendete ehegestern. Gram nagte ihren Lebensfaden ab, ihr alter Vater ging voll Harm über ihr ungewisses Schiksal voran. Marie erhing sich, als sie hörte, daß der Räuber ihrer Unschuld, der Mörder ihres Geliebten Gnade erhalten habe. Agnese erwache! (er erhob die Ohnmächtige von der Erde empor, sie starrte umher) Dies Mädgen, das er endlich ehlichte, ist seine Tochter, sein mit Agnesen gezeugtes Kind. Ich gab sie, als sie gebohren wurde, einer Hirtin; diese erzog sie bis ins siebente Jahr; als sie starb, ward die Alte, bei welcher er sie traf, ihre Mutter! Mit diesem Kinde, das in Sünde empfangen, in Sünde gebohren, in Unwissenheit erzogen wurde, lebt er nun in blutschänderischen Ehe, und häuft ieden Tag neue Verbrechen auf sein Haupt.

Rudolph. Schrekllch! Schreklich! Aber unwissend! (Agnese sank wieder hinab.)

Peter. Eben hat der Schreken sie getödtet, und die Zahl von Sieben ist gefült.

Petermänchen II. Th.   P   Bel-

Belzebub. Sprich weiter! Wie viele hat er gemordet?

Peter. Siebenzig an der Zahl! Theils durch mich, theils durch andere, theils durch seine Thaten, und mit eigener Hand.

Belzebub. Was hat er noch mehr verbrochen?

Peter. Er hat meineidig seine Seele verpfändet, und falsch geschworen; er hat stets vom geraubten Gute gelebt, und ungeheure Summen gestohlen. Er hat Freie zu Sklaven gemacht, und Redliche verfolgt.

Belzebub. Genug! Mehr als genug! Wie hat er der Unschuld Thränen gestillt? Wie gerächt der Ermordeten Blut? Wie ersetzt das geraubte Gut und den verletzten guten Namen?

Peter. Er hat einige Monden geheuchelt, hat gefastet, gebetet, Reue gelogen. Er hat aufgeopfert zur Versöhnung sein geraubtes Vermögen, und hat dann aufs neue gestohlen, aufs neue gemordet.

Bel.

Belzebub. So soll er dann auch dort büssen, was er hier nicht bezahlte! Rächer begint euer Amt!

Die Teufel nahten sich Rudolphen, welcher zu sprechen nicht mehr fähig war. Todesangst ergriff ihn schon, und Qualen der Hölle wühlten in seiner Seele. Mechanisch griff er noch nach dem Buche, das neben ihm lag, und schlug es rechts auf. Eine helle Stimme drang durchs Gemach: "Unglükllcher Sohn meiner Nachkommenschaft, du rufst mich zu spät! Das Urtheil wird erfült; ich kann dich nicht mehr retten! Ewig verlorener Gatte, du hast gesiegt; wir sehen uns nie mehr wieder!„ Freudengelächter der Hölle erfülte den Saal! Die Rächer ergriffen den ohnmächtigen Rudolph, schüttelten ihn zum Leben empor. Verzweifle! riefen sie, verzweifle! und schleuderten ihn an die Wand, daß Blut und Gehirn umherspritzte. Rauschend flogen sie mit ihm von dannen; verfinsterten mit ihren schwarzen Fittigen

gen

gen die Gegend, und zerrissen hoch in der
Luft seinen Körper.

Die übrigen Bewohner der Burg hörten
alle das schrekliche Lärmen und Getöse; sie
flohen erschrokken, und sahen in Furcht und
Schrekken von weiten dem schreklichen Schau-
spiele zu. Die Burg stand öde, niemand
wagte sich hin; der Sturm heulte durch die
ofnen Thüre und Fenster, und klirrte damit
fürchterlich in der Nacht. Niemand wußte,
was aus Rudolphs Weib, aus Agnesen geworden sei. Sie lag noch unbegraben im
Gemache; der faulende Geruch ihres Körpers
lokte schon die Raubvögel der Gegend an sich,
die an der Feste herumflatterten, und so fürchterlich krächzten, daß sie den Aberglaube für
Teufel ansah.

Der Ruf verbreitete die schrekliche Geschichte weit umher. Sie drang in die Mauern
des Klosters, in welchem Rudolph kurz vorher
gelebt hatte. Die Sage erzählte, ein Ritter, den
niemand kenne, sei mit seinem Weibe in der Thü-
rin-

ringen Land angekommen, habe dort eine Feſte
gekauft, einige Monden häuslich und ſtill ge‑
lebt; wäre in der St. Johannis Nacht aber
lebendig von Satan geholt, und erbärm‑
lich in der Luft zerriſſen worden. Die Auf‑
merkſamkeit des ganzen Kloſters würde da‑
durch erregt: denn Prieſter und Laie wußten,
daß Rudolphs Kontrakt, welcher im Kloſter
war verbrant worden, in eben dieſer Nacht
ſich hätte endigen ſollen. Der Abt ließ nach‑
forſchen. Einige wenige traten ſogar auf,
und zeugten, daß ſie gehört hätten, wie Rudolph
mit einem Ritter aus dem Thüringerlande
in der Herberge um eine Feſte gehandelt habe.
Stof genug um wahrſcheinlich glauben zu kön‑
nen, der in Thüringen vom Teufel geholte frem‑
de Ritter ſei kein anderer als Rudolph geweſen.

Um die Gewißheit zu ergründen, um
zu erfahren; ob er wirklich ein Weib genom‑
men, und wo dieſe hergekommen ſei? er‑
laubte der Abt dem Prieſter, welcher Ru‑
dolphen reumüthig ins Kloſter führte, hin

zu

zu wallen nach Thüringen, und in der öden Feste selbst nachzuforschen. Er kam glüklich an, und wolte eben an einem heitern Sommerabende den Berg ersteigen, auf welchem die Feste lag, als einige Bewohner der Gegend ihm den Weg vertraten, und ihn freundschaftlich warnten; sie ia nicht zu ersteigen. Sie hielten ihn für einen unwissenden Fremden, und erzählten ihm die ganze Geschichte. Von ihnen erfuhr er die ganze Gestalt des Ritters, und wurde in seiner Muthmassung, folglich auch in seiner Begierde noch mehr bestärkt. Er tröstete die Flehenden mit der Versicherung, daß ihm als einen Gesalbten des Herrn des Teufels Macht und Tükke nicht schaden könne; und sie ließen ihn also willig weiter ziehen, weil er sich nebenbei versicherte, daß er die bösen Geister von da durch sein Gebet vertreiben, und der ganzen Gegend Ruhe verschaffen wolle.

Er kam endlich oben an; sein Tritt wiederhalte in den einsamen Gemächern, die er durchwanderte; überall fand er

Spu-

Spuren, daß die Bewohner sie elend verlaſſen
hatten; die Kleider und Geräthe lagen noch
hin und wieder, theils herumgeworfen, theils
zu irgend einem Gebrauch beſtimt, zubereitet
da. Er drang weiter, und kam endlich in
Rudolphs Schlafgemach. Todtengeruch,
Leichengeſtank wehte ihm entgegen! Er nahte
ſich dem faulenden Körper Agneſens. Er
konte nicht errathen, wer ſie ſei; denn Ver-
weſung hatte ihr Geſicht ſchon unkentlich gemacht. Wer du auch immer warſt, armes Ge-
ſchöpf, ſeufzte er, ſo bedaure ich dein ſchrek-
liches Ende! Es kam gewiß unvorbereitet!
Dich tödtete wahrſcheinlich Schrekken, als
man deinen Gatten von deiner Seite riß.
Gott ſei deiner armen Seele gnädig! Deinen
Körper will ich beerdigen, und die Erde weihen, in der du bis zum algemeinen Weltge-
richte ruhen ſolſt. "Er ſuchte überall umher, und fand nichts Befriedigendes für ſeine Neugierde. Wie er dies Gemach ſchon
verlaſſen, und in einem andern die Nacht über,

der

der Dinge, die da kommen könten, harren wolte, sah er auf Rudolphs Lager ein Buch liegen. Er nahm es unter seinen Arm, und wolte, weil es schon dämmerte, beim Scheine des Lichts, das er in Nebengemache anfachte, den Inhalt untersuchen. Er schlug es natürlich rechts auf, und bewunderte eben die seltsamen Karaktere, als etwas leise seine Schulter berührte. Er blikte um, und eine, in sehr alter Tracht gekleidete weibliche Gestalt stand vor ihm.

Geist. Priester des Unendlichen! was verlangst du?

Priester (nicht furchtsam aber doch zurükfahrend.) Ich habe dich nicht gerufen.

Geist. Unwissend durch des Buches Macht!

Priester. Du bist ein guter Geist.

Geist. Ich bin es, und schmachte nach Erlösung!

Priester. Freudig will ich sie dir gewähren, wenn ich es vermögend bin.

Geist.

Geist. Du bist es! Vernichte das Buch, und ich bin erlöst; ich gehe dann ein in die Freuden der Seligen, die ich nun, ach leider! seit fünf hundert Jahren schon entbehrte. Zum Lohn für deinen guten Willen, für deine Erlösungsthat, werde ich deine edle Begierde befriedigen; werde dir erzählen, was du zu wissen verlangst.

Priester. Wenn es fromt der Nachkommenschaft; wenn es lehrreich für die Zukunft ist, so erfülle meine Bitte.

Geist. Beides! Beides! höre und urtheile. Ich bin zum Anfang des neunten Jahrhunderts unter der Regierung Ludwig des Frommen gebohren. Mein Vater, der Ritter von Tauenstaf genannt, erzog mich in Züchten und Ehren; die Nonnen, welche in unserer Nachbarschaft lebten, lernten mich Gott kennen, lehrten mich ihn ehren, und seine heiligen Gebote halten. Wie ich das achtzehnte Jahr erreicht hatte, ward ich mit Peter von Westerburg verlobt. Er war zu

un=

unserer Zeit ein statlicher Ritter. Er hatte
große Heerden, und viele Reißge. Die ganze
Gegend fürchtete ihn; denn er war mächtig und
groß. Er trug Wämser, gestikt mit ächten
Perlen, und an Pracht kamen ihm nur die
Fürsten gleich! Man nante mich die glükliche
Mathilde, und pries mich glüklich, daß ich das
Herz des edelsten Ritters unseres Zeitalters
gewonnen hätte. Ich dankte selbst Gott für
dies Glük; denn ich liebte ihn aufrichtig und
warm, wie es einer Verlobten ziemt. Nach
Jahres Frist ward ich sein Weib. Er führte mich auf seine Feste, und huldigte mir mit
allen seinen Knechten: Acht Jahre lebte ich
in seinen Armen glüklich, und genoß seine
Liebe im vollen Maße. Ich gebahr ihm unter dieser Zeit vier Söhne und drei Töchter!
Als ich aber einst zwei Monden krank da-
niederlag, da wandte sich meines Mannes
Liebe schnell von mir, und kehrte nie mehr
wieder! Er achtete mich zwar anfangs noch
als seine Frau, als die Mutter seiner Kin=
                                                der,

der; aber bald schwand auch diese Achtung,
und manche Magd ward von ihm mehr ge-
schätzt als ich. Ich weinte, ich flehte vergebens, meine Eltern sahen mein Leid, und
starben bald für Kummer, weil sie mir nicht
helfen konten. Oft wenn er mich in der
Knechte Angesicht eine alte Vettel schalt,
mir meinen geringen Brautschaz vorwarf,
und mich aus dem Gemach weghöhnte, wolte ich entfliehen, und bei den Nonnen Schuz
suchen, die mich erzogen hatten. Aber die
fromme Aebtiffin tröstete mich immer, hieß
mich auf beffere Zeiten harren, und sandte
mich zurük, um neue Schmerz zu leiden. Un-
gescheut brachte er oft iunge Dirnen mit von
der Jagd, küßte sie in meiner Gegenwart,
und führte sie in mein eheliches Bette. Als
eine derselben ihm einst ein Kind gebahr,
mußte ich, auf sein Geheis, es warten und
pflegen; mußte der Räuberin meines Rechts als
Magd dienen, und mich nach ihrem Winke richten, wenn ich anders nicht Schmähungen

und

und Flüche von ihr nicht hören wolte. So
duldete ich zehn Jahre; vergoß in dieser Zeit
mehr Thränen als zählbare Zahlen vorhanden sind. Ich allein betete noch auf dieser
Feste zu Gott, denn er gedachte seiner nicht,
und alle seine Knechte ahmten bald das ruch=
lose Beispiel ihres Herrn nach. Unter Flü-
chen und Schelten, selten anders als trunken;
warf er sich auf sein Lager, und stand in dieser Beschäftigung wieder auf. Durch zehn
Jahre betrat sein Fuß nie ein Gottes Haus;
durch zehn Jahre ward in der Burgkapelle
keine Messe gelesen. Die Geistlichkeit floh
unsre Feste, als einen Ort des Gräuls, und
wenn ich dem Herrn dienen wolte, mußte ich
mich still von bannen schleichen, und einer
Diebin gleich rükkehren, damit er es nicht
erfuhr, und meiner Frömmigkeit Hohn sprechen konte. Als ich einst von dieser ange=
nehmen Beschäftigung mit meinen Kindern
heimkehrte, traf ich ihn auf der Treppe. Er
stand mit in einander geschlagenen Händen oben,
und

und starrte in sich gekehrt hinunter. Demüthig wolte ich vorbei schlüpfen, aber er ergriff sanft meine Hand, und fragte: woher ich komme? In Gegenwart der Kleinen konte ich nicht Unwahrheit sprechen, und gestand es ihm, daß ich aus dem Gotteshause wieder kehre. Unwillig wandte er sich von mir, und sprach im Gehen: dein und deiner Kinder Flehen kann mich doch nicht retten! Von dieser Zeit an war er stets mismuthig und traurig. Es seufzte oft laut, und sah dann und wann meine Kinder mit Thränen in Augen an! Oft schien es auch, daß er seines Kummers ganz vergesse, und dann tobte er wieder Tagelang im Kreise seiner Bundesgenossen. Er besaß unglaubliche Schäzze, verschwendete eben so viel, und sie mehrten sich doch immer. Dies war mir und jedem ein Räthsel. Sobald er allein war, kehrte seine Traurigkeit zurük, und mehrte sich immer noch um ein großes, wenn ein fremder Ritter, in schwarzer Rüstung, den niemand kante, ihn besuch=

rc,

te, und wieder verließ. Stundenlang war er oft
mit ihm im abgelegnen Gemach verschlossen,
und keiner durfte sich dann ihnen nahen. Oft
reizte mich Neugierde doch einmal ihr Gespräch
zu behorchen, aber immer hielt mich der Vor-
wurf, daß es sich nicht ziemte zurük. Als
aber der Besuch des Ritters und meines
Mannes Traurigkeit täglich zunahm, so überwand ich einmal alle Bedenklichkeit, und
verbarg mich, ehe er kam, in ein Nebengemach, das nur eine dünne Wand von meines
Mannes Schlafkammer sonderte. Ich harte
nicht lange, bald traten sie Hand in Hand ein.
Bringst du die Summe? sagte mein Mann
zu dem Ritter.

Ritter. Ich bringe sie, aber zu welchem
Zwekke du sie noch verwenden wilst, weiß ich
nicht; da heute Abend schon der Termin zu
Ende geht, und du morgen nicht mehr seyn
wirst.

Peter (seufzend.) Ich samle für meine
Kinder, und hoffe immer noch auf längere
Frist.   Ritter.

Ritter. Du hofst vergebens! Heute in der Mitternachtsstunde kommen wir dich abzuholen.

Peter. Wenn ich aber gelobe, daß ich noch länger treu dir dienen, dir noch manches unschuldige Kind, noch manchen Unvorbereiteten zuführen will?

Ritter. Wir halten uns ans sichere, und trauen Versprechungen dieser Art nicht viel. Hast du noch etwas zu befehlen?

Peter. Nichts! gar nichts!

Ritter (ihm einen großen Sak mit Gold hinwerfend.) So kanst du indeß die Summe zählen, bis ich zum leztenmal ungerufen wiederkehre.

Er ging fort, und mein Mann folgte schnell nach. Es war Glük für mich, daß er sobald sich entfernte, denn meine Kräfte schwanden, meine Knie zitterten; ich war einer Ohnmacht nahe. Ich merkte deutlich, daß dieser Ritter der Satan selbst sei, und daß mein Mann ein Bund mit ihm geschlossen habe,

habe , der am Abende sich endigen solte.
Meine Angst darüber war schreklich, meine
Sorge um sein Seelenheil groß. Ich floh
nach meinem Gemach ; ich flehte Gott inbrünstig um Rath und Beistand an. Auf einmal
fiel mir ein, daß in unserer Nachbarschaft,
nur einige Stunden weit entfernt, ein heiliger
Mann lebe, der große Macht über des Teufels Gewalt habe, viele Besessene durch sein
Gebet erlöset, und manches Haus von bösen
Unholden befreit habe. Er war die einzige
Hofnung, die ich noch fassen konte; auf ihn
allein gründete ich meine Zuversicht. Ich eilte
fort, um ihn zu bitten, damit er komme, und meinem Mann beistehe. Des Wegs nicht kun-
dig irrte ich bis in die späte Nacht in der Einöde umher ; endlich fand ich doch seine Hütte.
Er hörte mein Flehen, und eilte mit mir von
dannen. Sei getröstet, mein Kind! sprach er
oft im Gehen ; treffe ich deinen Mann noch
lebendig ; so soll der Satan ihm kein Haar
krümmen. Wie wir gegen die Burg anzogen,

stürmte

stürmte es gewaltig. Der heilige Mann verdoppelte seine Schritte. Wir hörten wüthendes Geschrei, und mein starrendes Auge sah izt, wie Höllen-Ungeheuer zum Giebel der Feste herausfuhren, meinen unglüklichen Mann in ihrer Mitte trugen, und vor meinen Augen zerrissen. Ich sank zu des Eremiten Füssen nieder, er begañ sogleich die Beschwörung, und der höllische Zug senkte sich zu uns herab. Es war schreklich zu sehen, wie die Ungeheuer vom Blute meines Gatten trieften, ieder noch ein Stük seines Körpers in der Klaue hielt, und zu zerreissen sich bemühte. Mein Auge schloß sich, ich erwachte erst spät; der heilige Mann stand neben mir, und labte mich! Aus seinem Munde erfuhr ich den Erfolg. Durch die Macht seiner Beschwörung gezwungen, mußten die Teufel sogleich von ihrer Arbeit ruhen, und auf sein Gebeis den Körper wieder zusammensezzen; sie suchten in der Eile die nächst liegenden Stüke, und formirten aus dem nämlichen Kör-

Petermänchen II. Th.   Q   per

per nur einen Zwerg; seine noch nicht ent=
flohene Seele nahm Besiz davon. Aber es
war schon zu viel Blut geflossen; er lag ster=
bend vor ihm. Umsonst rufte der Eremit ihm
Trost zu, hieß ihn seine Sünden bereuen, und auf
des Höchsten Gnade hoffen. Er hörte ihn nicht.
Heftige Schmerzen wütheten in ihm; er
fluchte mir und seiner Nachkommenschaft;
schwur ihr ewigen Haß; und starb ohne Reue,
ohne Buße. Ich ließ in der Stille ihn be=
erdigen, und nur wenige erfuhren sein schrek=
liches Ende. Am dritten Abend darnach stand
er in der Mitternacht als Zwerg vor meinem
Lager. Ich bin verdamt, sprach er, ich muß
auf Satans Geheis trostlos in dieser scham=
vollen Gestalt solange auf der Erde umher
irren, bis ich meinen Schwur, den ich am
Ende noch that, erfülle; einen meiner Nach=
kommenschaft zum Bösen geleitet, und ewig
unglüklich gemacht habe. Suchedu es zu ver=
hindern, denn die Qualen der Hölle sind schrek=
lich! Heute erkenn' ich dies noch; aber morgen
muß ich schon blindlings thun, was Belzebub

für gut erfindet. Ich habe nur Macht über die mänlichen Sproßen meiner Nachkommenschaft; nur Gewalt über sie, wenn sie Mann geworden, vier und zwanzig Jahre alt, und noch unbeweibt sind. Ich muß sie dann sechsmal zur Unzucht verleiten, und zum siebentenmal in Sünden vereheligen. Siebenzig Mordthaten müssen sie begehen, ehe sie ganz mein sind. Fasse dies alles, denn entdekken muß ich dir es; nimm Maßregeln, denn ich fange zu handeln an!,,

Mein Leid über diese Nachricht war groß, meine Sorge für die unglükliche Nachkommenschaft noch größer. Ich sann auf Mittel, wie ich es verhindern könte, und fand keines hinreichend. Der Eremite hatte mir beim Abschiede befohlen, alles Gold, welches ich in meines Mannes Gemach finden würde, den Armen zu schenken, oder dem Herrn zu' weihen! Denn, sezte er hinzu, es ist unrechtmäßig erworbenes Gut, und wird deinen Nachkommen nicht fruchten.

Ich

Ich fand eine ungeheure Menge, aber
anstatt den Befehl des heiligen Mannes zu
erfüllen, verwahrte ich es sorgfältig, und
glaubte meine Kinder vor aller Verführung
zu sichern, wenn ich ihnen Vermögen genug
hinterließe, und sie in den Stand sezte, den
vorzüglichsten Reiz derselben zu widerstehen.
Mit des Kaisers Willen verwandelte ich alle
dies Hab und vieles Geld in ein unan=
greifliches Vermögen für den ältesten mei=
ner Nachkommen, mit der ausdrüklichen Be=
dingung: daß derjenige, welcher es antreten
wolte, schon für seinem vier und zwanzig
Jahre beweibt sein mußte. Oft wolte ich meinen
Kindern, die unglükliche Geschichte ihres Va=
ters erzählen, sie vor seine Fallstrikken war=
nen, und sie dahin vermögen, daß sie gegen
ihre Kinder gleiche Sorgfalt anwendeten;
aber immer überwand das Herz die Vernunft,
und ich hielt es für unnatürlich, ihnen Haß
gegen ihren Vater einzuprägen; ihnen zu be=
fehlen, daß sie den, der sie erzeugt, fliehen

und

und melden solten. Ich flehte zu Gott, daß
er mich nur so lange mögen leben laffen, bis
ich meine Söhne verheirathet hätte. Er hör=
te mein Flehen, und alle meine Söhne nah=
men noch vor ihrem vier und zwanzigſten Jah=
re gottesfürchtige Weiber. Ich ſtarb, als
ich ſiebenzig Jahr alt war, und fühlte am
Ende meiner Tage nur alzugut, wie vergäng=
lich all meine Vorſicht ſei. Die Zukunft
klärte ſich, als Todesangſt mich ſchon ergriff,
heller vor meinen blöden Augen auf; ich
wünſchte zu reden, meine um mich verſamel=
te Kinder nachdrüklich warnen zu können, aber
die Kraft zu ſprechen mangelte, und ich ſchied
mit Gewiſſens Vorwürfen beladen von ih=
nen.

Der Ewige wog meine Handlungen, mei=
ne Thaten, mein Gebrechen, meine Sünden!
Ich ward zu leicht befunden, um ſogleich ein=
zugehen in die Freuden der Seligkeit. Ich
hatte das unrechtmäſſige Gut nicht erſtattet;
hatte meine Nachkommen vor der drohenden
Ge=

Gefahr, vor dem immer harrenden Verderben
nicht kräftig gewarnt; hatte auf Gold und
zeitliche Güter mehr Vertrauen, als auf die
Hülfe des Unendlichen gesezt. Ich ward daher
auch verurtheilt, so lange in Zwergs Gestalt
auf der Erde herumzuirren, bis all mein Erbe
erstattet, oder zu gottesdienstlichen Gebrauch
verwendet worden; bis der lezte ehliche Sproße
meiner Nachkommenschaft sterben würde. Du
hast im Leben sündlich geschwiegen, donnerte
die furchtbare Stimme, du wirst auch iezt
nicht erzählen können, was du verschwiegst!
Du wirst Leid tragen, wenn deinen Nach=
kommen ein Kind gebohren wird; denn das
Leben desselben wird deine Prüfung verlän=
gern; und du wirst zittern für sein künftiges
Schiksal! Ihrem Wohnsizze wirst du dich
nicht nahen können, weil sich dein Herz ih=
nen nicht nahte? Dies ist deine Strafe, dei=
ne Buße? Deine Hofnung sei: daß des Men=
schen Leben nicht ewig dauert; daß der frucht=
barste Baum endlich abstirbt; daß des Men=

schen

schen Wille frei ist.; und daß er das Gute, wie
das Böse wählen, der Gefahr der Entfüh=
rung entweichen, ihr aber auch folgen kann.
Dir ist endlich Macht gegeben deine Nach=
kommen zu schützen, wenn sie selbst zu dir
kommen; wo du mit Erfolg wirkest, soll der
Verführer nicht wirken; wo du bist, soll er nicht
sein können; und so das Gegentheil. Drei=
mal soll es dir vergönt sein, jedem deiner
Nachkommen, wenn er seine Prüfungszeit an=
getreten hat zu erscheinen, sie eben so ver=
dekt zu warnen, wie du sie im Leben gewarnt
hast. Einmal in deiner Prüfungszeit soll
dir es erlaubt sein, dem Verführer zu fesseln,
wenn er sich deinem Kreise naht, und nur ein
Glied deiner Nachkommenschaft soll seine Fes=
seln lösen können. Wenn sie endlich dem
Verführer trauen, wenn sie seine Gegenwart
freiwillig heischen, sollen sie durch eben den Ruf,
den sie an ihn ergehen lassen, auch dich zurufen
vermögend sein. Ziehe hin, büsse und hoffe! Keh=
re zurük, wenn alles erfüllt ist, dich nichts mehr

auf

auf Erden fesselt; wenn du die lezte deiner Bu=
ßen geduldet, und einem Fremden erzählet hast,
was du deinen Kindern sündlich verschwiegst.
Sicherer Lohn erwartet dich dann; herlich
wird er sein, wenn du verhinderst, daß wenige,
daß keiner deiner Nachkommen verloren gehe.,,

Als ich auf Erden erschien, hatte Pe=
ter von der Feste schon Besiz genommen; er
wandelte schon sichtbar unter den Besiz=
zern derselben herum, und machte sich ih=
nen bald nothwendig durch gute Scheintha=
ten gegen Räuber und Krieger. Er sammelte
sorgfältig an Stof zur Verführung, ich an Stof
zur Abwendung. Weit entfernt von meinen
Nachkommen, schlug ich meine Wohnung im
Gebirge auf, und beobachtete nur unsichtbar
seine Unternehmungen. Anfangs bedurften die
guten Kinder meines Beistands nicht; sie er=
fülten sorgsam meinen lezten Willen, und entgin=
gen früh genug seinen Falstriken; aber sie
vermehrten sich auch um so stärker, verlän=
gerten dadurch meine Prüfungszeit, und ver=

dop=

doppelten meine Sorge. Krieg und Pest wü-
thete nach einigen Jahrhunderten in ihrem
Vaterlande; viele meiner Nachkommen starben, wenige blieben übrig; aber in dieser
schreklichen Zeit ward auch mein lezter Wille
vernichtet. Feuer verzehrte die Feste, und
mit ihr auch diesen. Nur dunkel erinnerten
sich meine Nachkommen seiner noch eine Zeit-
lang, endlich wurde er ganz vergessen. Peters Verführung fing nun an stärker zu wirken, meine Wachsamkeit verhinderte sie immer. Ich erzog in meiner Einöde fromme
Waisen, führte sie in die Gegend, wo meine Urenkel wohnten, und viele meiner Nach-
kömlinge wählten sie zu Weibern, und lebten glüklich mit ihnen. Hans von Westerburg, der einzige Stamhalter seines Ge-
schlechts starb endlich, und hinterließ einen
einzigen Sohn, Namens Rudolph; er hatte
in seiner Jugend keinen Sinn für Weiberlie-
be, und erreichte, aller meiner Bemühung ungeachtet, sein vier und zwanzigstes Jahr un-
be-

bewelbt. Sie erzählte nun, was meine Leser schon wissen, und tröstete sich am Ende mit der Hofnung, daß unter so vielen Hunderten nur einer und so späte verloren gegangen sei!

Der fromme Priester bestatete Agnesen zur Erde, verbrante das Buch, zog heim, und verkündigte dies Wunder laut. Er beschrieb die ganze Geschichte, und hinterließ sie der Nachwelt zur Betrachtung. Als einst im spätern Zeitalter ein gelehrter Abt des Klosters die Manuskripte abstäuben und untersuchen ließ, fand man auch diese Geschichte unter denselben. Er las sie, und weil er an der Wahrheit derselben zweifelte, ihren Sinn nicht zu errathen wußte, so gab er sie allen Gelehrten damaliger Zeit zur Übersicht. Viele derselben hielten sie für buchstäblich wahr, und lobten Gott; daß er vormals den Menschen so deutliche Beweise von der Existenz und Verführung des Teufels gegeben habe. Andre fanden allegorischen, didaktischen Sinn darinn. Einer derselben schikte sie ihm mit

vielen

vielen Noten begleitet zurük, in welchen er
zu beweisen suchte, daß diese Geschichte, in ver-
blümtem Verstande genommen, den Gläubigen
großen Nuzzen schaffen, und mit vieler Erbauung
gelesen werden könne. Ich will einige seiner
Noten und Erklärungen beifügen, und ihn
selbst sprechen lassen:

1) Unter Peters Person, sagt er, werden
die Leidenschaften des Menschen, vorzüglich
aber die Wollust verstanden! Sie ist der Teufel, welcher den Menschen zu allem Bösen
lokt, dem Abgrunde näher führt, und endlich gar hinein stürzt.

2) Die Zwergin Mathilde ist das Bild
der Religion, sie warnt jedem Menschen vor
Verderben, sie zeigt ihm den rechten Weg zum
Himmel. Da dieser aber dornicht, steil und
enge ist, da Ungemach aller Art den Wanderer
verfolgt, so verlassen ihn viele, und wandern
auf der blumichten, weiten Straße zur Hölle.

3) Der Hut, welchen Rudolph zum Geschenke erhält, ist ein Sinnbild des festen
Glau-

Glaubens. Wer diesen hat und besizt, den können die Reize der Wollust nicht anfechten, dem kann sich kein Teufel nahen.

4) Jedes Mädgen besizt einen Gürtel, wie Euphrosine trug, er heißt Schamhaftigkeit; wird diese nicht verlezt, nicht vernichtet, so hat es mit dem Verluste der Unschuld keine Noth. Sie ist ihre Schuzwehr. Liebe Mädgen, seid daher schamhaft, so werdet ihr auch unschuldig bleiben.

5) Die Leidenschaften der Menschen sind anfangs Zwerge; werden sie aber gepflegt und gewartet, so verwandeln sie sich, wie Peter, in Riesen, und dann kann ihnen nichts widerstehen.

6) Peter ward von Mathilden an einen Felsen geschmiedet. Auch die Religion hat Fesseln für die Leidenschaften der Menschen. Schade nur, daß es so viele Rudolphe gibt, die diese Fesseln selbst zerfeilen.

7) Der Thurm, dessen Thüre sich nie mehr öfnet, bedeutet ein Kloster, und der

Stein,

Stein, welchen Peter in die Mauer desselben mit einmauern ließ, beweist die Mög-
ligkeit, daß auch Laster ins Kloster Eingang
finden, und darinn Verwüstungen anstellen
können.

Der vernünftige Abt, welcher mit diesen
und allen andern Erklärungen noch nicht ganz
zufrieden war, nahm seine Zuflucht zum Archi-
ve, und sah seine Wißbegierde bald befriedigt.
Er fand in den Annalen des Klosters, daß wirklich im dreizehnten Jahrhunderte ein Rudolph
von Westerburg in der Gegend gelebt, und
das Kloster sehr geängstigt habe. Seine Vorfahren hatten einige hundert Jahre
zuvor, viele Grundstücke an das Kloster verpfändet; Rudolph forderte sie zurück, und
nahm sie, als die Mönche die Rückgabe verwei-
gerten, ohne den Pfandschilling zu tilgen,
mit Gewalt weg. Ein alter Zwerg, so sagen
die Annalen ausdrücklich, den Rudolphs Väter mit aus Palästina gebracht hatte, und der
kein Christ gewesen sein soll, war sein Vertrauter

trauter und Rathgeber. Er führte ihm hüb-
sche Mädgen zu, und nekte die Mönche, wo
er koñte und wußte! Er lauerte ihnen oft,
wenn sie über Land ritten, mit Rudolphs
Reisigen auf, band ihnen die Hände auf den
Rükken, und schikte sie, mit scheußlichen Fi-
guren bemalt, ins Kloster zurük!

Unter der Regierung des Abts Pauli ward
Rudolph durchs Kammergericht, und endlich
durch kaiserlichen Spruch selbst, gezwungen,
die geraubten Grundstükke dem Kloster wieder abzutreten; auch mußte er zur Versöhnung
den Klosterthurm neu dekken lassen, und den
gottlosen Zwerg verabschieden. Aus Ver-
druß über dieses Urtheil zog Rudolph it
fremde Länder, und sezte indeß auf seine Burg
einen Vogt, der sehr gottesfürchtig lebte, und
den Mönchen viel Gutes that. Nach einigen Jahren kam Rudolph in Gesellschaft eines sehr großen und riesenartigen Mannes
zurük, den die ganze Gegend für einen Zau-
berer hielt, der aber wahrscheinlich das Ober-

haupt

haupt einer mächtigen Räuberbande war, mit
welcher sich Rudolph verbunden hatte. Leztc=
rer brachte große und viele Reichthümer mit;
durch diese, und durch eine stets ofne Tafel
gewan er die Ritter ringsumher; sie machten
mit ihm gemeinschaftliche Sache, thaten den
Klöstern alle möglichen Drangsalen an, raubten
ihnen das Vieh, Weine und Schäzze. Sie zer=
störten ein nahes Nonnenkloster, und entführten
viele Nonnen. Bei allen diesen ruchlosen Tha=
ten war der große Mann ihr Anführer. Gute
Christen nannten ihn nur den Mönchsteufel!
Rudolph und seine Bundsgenossen achteten
keines Bannes, und stellten sich nicht vor dem
Kammergericht, das sie oft, aber allezeit ver=
gebens zitirte.

Da man endlich auf der Straße nicht mehr
wandeln konte, da das ganze Land zum Kaiser
um Hülfe schrie, so sandte dieser gegen Rudol=
phen das Reichsfähnlein aus. Viele Han=
delsstädte und alle Klosterknechte vereinigten
sich mit diesem; sie stritten oft und gewaltig.

Ende=

Endlich unterlag Rudolph, und entfloh mit einigen seiner Anhänger nach dem Thüringer Lande. Seine Güter wurden alle eingezogen, und der Kirche gewidmet. Rudolph, so enden die Annalen, kaufte sich in Thüringen eine Burg, trieb sein Sündenleben fort, und heirathete endlich unwissend seine eigne Tochter. Als er von dieser Blutschande überzeugt wurde, stürzte er sich in einem Anfalle von Raserei von der Warte herab, und endigte so sein ruchloses Leben.

Des Abts Neugierde war nun ganz befriedigt. Er hatte den Stof zu dieser Geschichte entdekt, und konte Wahres von Falschem sondern. Er sah deutlich ein, daß ein gottesfürchtiger Zeitgenosse, den Zwerg und Riesen zu einem Teufel umgewandelt, den Räuberbund zum Satansbund gemacht, und diese ganze Geschichte so wundervoll aufgezeichnet habe, damit ein ieder Mönchs- und Klosterfeind darüber erbebe, zurükfahre, und erschrekte plözlich!

www.ingramcontent.com/pod-product-compliance
Lightning Source LLC
Chambersburg PA
CBHW031358020726
47499CB00005B/1448